KB050945

회귀로

영웅독점

회귀로 영웅독점 **6**

초판 1쇄 인쇄일 2021년 04월 16일 ｜ **초판 1쇄 발행일** 2021년 04월 21일

지은이 칼텍스 ｜ **펴낸이** 곽동현 ｜ **담당편집 팀장** 이범수
편집부 정요한 최훈영 조혜진

펴낸곳 (주)조은세상 ｜ **출판등록** 제2002-23호
주소 서울특별시 동작구 동작대로1길 27 5층
TEL 02)587-2966 ｜ FAX 02)587-2922
E-mail bukdu@comics21c.co.kr

칼텍스ⓒ2021
ISBN 979-11-6591-737-1 ｜ ISBN 979-11-6591-494-3(set)
값 8,000원

칼텍스 퓨전 판타지 장편소설

회귀로
영웅독점

6

북두
(주)좋은세상

칼텍스 퓨전판타지 장편소설

FUSION FANTASY STORY

CONTENTS

Chapter 35.

신평의 사냥 대회는 역사가 깊다.

오래전부터 신평의 지도자들은 추수하느라 고생한 농민들을 위해 겨울 사냥을 나가 질 좋은 고기를 베풀었다.

그것이 점점 커져 사냥 대회가 되었고 신평의 모든 유지들이 참가하는 큰 행사가 되었다.

박진범은 가주인 만큼 선두에 서서 행사를 이끌었다.

"서하는 아직 돌아오지 않았느냐?"

"아직인 거 같습니다."

"흐음. 그렇구나."

박진범은 작게 신음했다.

출정식에서 서하가 같이 서 주기를 바랐던 그는 아쉬움에
말했다.

"그래도 민주가 같이 갔으니 곧 오겠지."

호위와 안내역까지 전부 거절하고 갔다고 하니 무슨 일이
있기는 한 모양이다.

그래도 신평 안에서 무슨 일이 일어났을 확률은 거의 없으
니 걱정은 되지 않지만 말이다.

"그럼 민아야. 너도 같이 올라오너라."

"그러겠습니다. 아버지."

그렇게 두 부녀가 단상 위로 올라가는 것을 박수범은 멀리
서 지켜보았다.

'오늘인가?'

바로 오늘이 거사 일이다.

박수범은 긴장된 얼굴로 말했다.

"준비는 다 되었는가?"

"명령만 내려 주시면 움직일 수 있도록 준비시켰습니다."

"그래. 실수가 없어야 한다."

작전은 간단하다.

암부의 살수들이 신호하면 단숨에 박진범을 비롯한 핵심
전력을 제거한 뒤 나머지 목격자까지 처리하면 끝.

사망자가 조금 나오면 더 좋고, 사망자가 없더라도 적당히
자해한 뒤 살수 시체를 가지고 와 암부가 한 짓이라고 말하면

의심받을 일도 없다.

적어도 살수 한둘은 죽을 테니 말이다.

그렇게 출정식이 끝나고 박진범을 비롯한 사냥대는 말을 타고 신성한 숲으로 향했다.

오래전 나찰과의 전쟁에서 역사적인 승리를 거둔 신성한 숲.

왕국에 있어서도 역사적인 장소인 만큼 신평의 사람들 또한 개간하지 않고 그대로 놔둔 곳이었다.

숲의 앞에서 박진범은 식솔들을 돌아보며 말했다.

"올해 가장 많은 무게를 잡은 사람에게는 장인이 만든 언월도와 1만 냥을 하사할 것이다. 물론 내가 가장 많이 잡으면 모두 내 차지지. 그러니 열심히 하거라. 하하하!"

"하하하! 이번에는 절대로 그렇게 둘 수는 없죠. 1만 냥은 제 겁니다!"

"그래! 그런 패기 좋다! 그럼 시작!"

신평의 유지들이 각자의 사냥대를 데리고 출발했다.

박수범은 징꾼에게 시선을 보냈다.

징을 세 번씩 두 번.

소리가 숲에 울려 퍼졌고 박진범은 잠시 대기하다 부하들이 향하지 않은 방향으로 움직였다.

박수범은 그런 형님의 뒤를 따랐다.

"호오, 수범이 너 나랑 경쟁하려는 것이냐?"

보통 사냥대는 알아서 다른 방향으로 가기 마련이었다.

한 사냥감을 두고 서로 부딪치지 않기 위함이다.

상품은 물론 남자의 자존심이 걸린 대회였으니 사냥감을 놓고 불미스러운 일이 자주 일어났다.

박수범은 형님의 말에 미소를 지었다.

"그럴 리가요. 전 상품에 관심이 없습니다. 그저 형님을 도와주려고 합니다. 그래도 우리 본가가 우승해야 하지 않겠습니까? 만약 형님만 괜찮으시다면 저에게 몰아주는 것도 좋을 거 같고요."

"크하하하! 아무리 그래도 가주가 우승해야지."

"그럼 따르겠습니다."

박진범은 호쾌하게 웃으며 박수범에게 어깨동무했다.

"그래, 이번에는 우리 형제가 우승해 보자꾸나."

형은 좋은 사람이다.

하지만 멍청할 정도로 우직하다.

형이 계속해서 가주로 있는 한 신평은 신유민과 함께 침몰할 것이다.

그러니 눈물을 머금고서라도 해내야만 한다.

박수범이 그렇게 감상에 젖은 사이 사냥대는 숲속 깊은 곳까지 이동했다.

그리고 그때였다.

사냥대원 모두가 말을 멈추고 사방을 살폈다.

살수들의 기척이 느껴진 것이다.

"호오."

박진범은 흥미롭게 주변을 돌아보며 말했다.

"우리 신성한 사냥터에 쥐새끼들이 많구나."

"사냥할 것들이 늘었군요. 저것들도 무게에 들어가는 겁니까?"

"하하하, 그거 좋은 질문이다. 한번 물어는 봐야겠구나."

박진범은 여유로웠다.

숫자도, 실력도 모자란 것이 없었기 때문이다.

박진번의 사냥대는 21명. 박수범의 사냥대 또한 20명이었다.

고작 저 정도 기운의 살수들이 최소 백의선인 이상급인 신평의 정예 40명을 상대할 수는 없다.

이윽고 살수들이 모습을 드러냈고 박진범을 비롯한 무사들이 무기를 뽑아 들었다.

그리고 그 순간 박수범은 잠시 눈을 감았다.

'가문을 위해 내가 하는 일을 용서하시길.'

살수들이 달려드는 그 순간 박진범이 외쳤다.

"내가 한 명은 살려 놓을 것이니, 나머지는 전부 죽여도 좋다. 모두 공······."

그 순간이었다.

박수범의 검이 박진범의 가슴을 뚫고 나왔다.

"······!"

박진범이 고개를 돌렸고 박수범은 굳은 얼굴로 말했다.

"……부디 용서하시길."

신성한 숲에 신평 가주의 피가 떨어졌다.

가슴에 꽂혀 있던 검이 빠짐과 동시에 박진범은 말에서 굴러떨어졌다.

'살짝 빗나갔군.'

정확하게 심장을 노렸으나 그 찰나의 순간 몸을 틀어 피한 것이다.

긴장한 탓에 살기를 완전히 가리지 못했기 때문이다.

하지만 상관없다.

가슴에 구멍이 크게 뚫린 박진범이 제대로 움직일 수 있을 리가 없으며 부하들은 제대로 일을 처리했으니까.

"가주님!"

첫 기습 이후 살아남은 박진범의 부하는 고작 5명 정도였다.

그중에는 박민아와 박춘식이 껴 있었다.

'예상 범위 안이다.'

박진범의 옆에서 같이 바보 같은 짓을 하며 살고 있으나 박춘식은 신평이 자랑하는 최고수 중 하나였다.

어느 정도 실력 차가 났기에 부하 셋이 달려들었음에도 그는 오랫동안 버텼고 살아남은 다섯 무사도 그러했다.

박수범은 바로 다음 명령을 내렸다.

"나머지도 전부 처리해 버려라!"

"존명!"

아슬아슬하게 기습을 피한 박춘식은 분노에 차 외쳤다.

"네놈들이 미쳐 버린 것이냐? 이러고도 너희들이 무사할 줄 아느냐!"

박춘식과 살아남은 무사들이 맹렬하게 저항했으나 상황은 크게 나아지지 않았다.

이미 극복할 수 없을 정도로 숫자에서 차이가 났기 때문이다.

부하들이 고전하는 것을 본 박진범은 괴성을 질렀다.

"우오오오오오!"

어떻게든 회복해야만 한다.

박진범이 기합과 함께 일어나는 그 순간 살수들이 달려들었다.

그 광경을 본 박춘식은 목이 찢어져라 외쳤다.

"모두 뭉쳐! 가주님! 가주님을 보호해라!"

그러나 그럴 여유가 있는 사람은 없다.

단 한 명만 빼면 말이다.

"감히 버러지들이……."

박진범의 앞으로 작은 등이 나타났다.

박민아.

이제 중급 무사가 된 그녀가 언월도를 휘두르자 살수 셋이 반으로 갈려 나갔다.

"감히 누구를 해하려 하는가!"

그녀의 패기에 박수범마저 발을 멈췄고 살수들 또한 얼어
붙었다.

박민아는 무표정하게 작은아버지를 바라보며 말했다.

"잘못 선택하셨습니다. 작은아버지."

"소가주……."

박수범은 작게 한숨을 내쉬었다.

생각보다 훨씬 커 버린 조카를, 그리고 앞으로 더욱더 커질
신평의 천재를, 지금 여기서 죽여야만 한다.

"아쉽구나. 내 딸이었다면. 아니, 내 아들이었다면."

얼마나 좋았을까.

하지만 쓸데없는 가정일 뿐이다.

"잘못 선택했는지는……."

박수범은 검을 버리고 자신의 말에서 언월도를 꺼내 잡았다.

"내 나중에 확인해 보마."

이윽고 두 사람이 서로를 향해 달려들었다.

"……!"

박진범은 동생과 대결하는 딸을 바라봤다.

'저 정도였는가?'

딸은 천재적이었다.

하나를 가르쳐 주면 열을 알았고, 백을 알기 위해 노력까지

하는 그런 아이였다.

그렇기에 남자로 태어났으면 했다.

만약 민아가 남자로 태어났다면, 그래서 키가 더 크고 힘이 더 강했다면 신평월도법을 완성시킬 수 있었을 테니까.

재능이 너무나도 컸기에 역설적으로 더 아쉬웠다.

그러나 생각을 바꿔야겠다.

'여자의 몸으로도 완성시킬 수 있구나.'

딸은 상상 이상으로 성장해 있었다.

운성, 아니 은악의 꼬마한테 진 것이 약이 되었을까?

이서하의 활약에 자극을 받았던 것일까?

1년 전과는 비교도 할 수 없을 정도의 실력을 만든 딸을 보며 박진범은 복잡한 감정이 들었다.

그때 뒤에 있던 살수가 살금살금 박진범을 향해 접근했다.

살수가 은밀하게 다가와 검을 치켜드는 그 순간 박진범의 주먹이 그의 얼굴에 꽂혔다.

퍽! 하는 소리와 함께 얼굴이 뭉개져 날아가는 살수.

박진범은 피로 젖은 옷을 벗어 던졌다.

가슴에 난 거대한 상처를 근육으로 압박해 지혈한 박진범은 심각한 얼굴로 주변을 돌아봤다.

이제 그와 함께 나온 사냥대에서 살아남은 것은 박춘식뿐이었고 그는 5명에게 협공당하고 있었다.

가족처럼 아끼던 부하들이 죽었고, 또 죽어 가고 있다.

거기다 딸이 아무리 성장했더라도 결국 동생을 이길 수는 없으리라.

구해야만 한다.

"으아아아아아아!"

박진범의 사자후와 함께 모두의 시선이 그에게로 돌아갔다.

저들이 원하는 것은 가주의 목.

박진범은 자신이 미끼가 되어서라도 모두를 구할 생각이었다.

"가주부터 죽인다! 따라와!"

13명의 무사가 모두 박진범에게 달려들었고 무기가 없는 그는 맨몸으로 그들을 마주했다.

"그만 가십시오. 가주님."

"건방지구나. 너희들이 나를 이길 수 있을 거 같으냐?"

"무기도 없지 않으십니까? 저희도 쉽게 당하지는 않을 것입니다."

"하! 정말 그렇게 생각하느냐?"

박진범은 어이가 없다는 듯 웃으며 한 무사를 향해 돌진했다.

무사들은 모두 놀란 얼굴로 자세를 잡았다.

아무리 박진범이 강하더라도 무기도 없이 맨몸으로 돌진해 올 줄은 예상하지 못한 것이었다.

그리고 무사들 중 대장으로 보이는 자가 소리쳤다.

"선불리 움직이지 마라!"

하지만 박진범이 달려들자 무사는 당황해하며 언월도를 내질렀다.

박진범은 미소와 함께 언월도의 봉을 잡았다.

당황한 무사가 어떻게든 벗어나려 힘을 주었으나 박진범은 미동조차 하지 않았다.

"왜? 일각산에서는 먹을 게 없더냐? 힘이 없구나."

박진범은 무사를 걷어찬 뒤 언월도를 강탈했다.

"이제 무기가 생겼구나."

박진범은 잠시 무사들을 돌아보았다.

무기를 빼앗긴 무사는 검을 빼 들고 자신의 위치를 지켰다.

미동도 없이 진을 유지하는 최정예들을 보며 박진범은 작게 한숨을 내쉬었다.

'까다롭구나.'

도발적인 발언에도 저들은 전혀 흔들리지 않았다.

전투에서는 먼저 움직이는 쪽이 불리하다.

특히 다수와 싸울 때는 허점이 나올 수밖에 없기에 절대 섣불리 움직여서는 안 된다.

게다가 겉으로는 괜찮은 척을 하고 있었으나 박수범에게 당한 상처가 영향이 없는 것은 아니었으며 신평의 정예는 결코 우습게 볼 수 있는 상대가 아니었다.

그러나 선택지가 없다.

이대로 시간을 끌리면 죽도 밥도 안 된다.

부하도, 딸도 구할 수 없으리라.

"너희가 오지 않으면 내가 간다."

이제 움직여야 할 때다.

박진범이 돌격하자 무사들은 최대한 안전하게 그를 상대했다.

박진범의 실력을 아는 무사들은 섣불리 움직이지 않았다.

만약 왕국 최고수를 뽑는다면 박진범은 무조건 열 손가락에 들어간다.

아무리 숫자가 많더라도 마구잡이로 달려들면 모두 죽을 것이다.

박수범의 부하들도 최정예.

이들은 자신들이 해야 할 일을 정확하게 알고 있었다.

"포위하고 버틴다. 섣불리 달려들지 마라."

바로 박수범이 돌아올 때까지 버티는 것이다.

그 사실을 알기에 박진범은 답답할 수밖에 없었다.

'이대로는 안 된다.'

그때였다.

딸의 얼굴에서 피가 튀는 것이 보였고 박진범은 그대로 굳었다.

"아……."

죽은 것인가?

모든 것이 하얘지는 기분이었다.

그러나 박민아는 얼굴을 부여잡고 추가타를 피하며 거리를 벌렸다.

아직은 살아 있다.

하지만 아슬아슬했다.

박춘식도 상처가 늘어 갔고 딸은 이제 시야가 가려 제대로 싸울 수 없을 것이다.

초조하다.

처음으로 느껴 보는 무력감이었다.

모든 것을 잃을 수도 있다는 생각에 박진범은 이성을 잃고 날뛰기 시작했다.

"비켜라! 이 개자식들아!"

하지만 정예 무사들은 그 상황에서도 냉정하게 포위를 유지했다.

그리고 그 순간 딸이 중심을 잃고 쓰러졌다.

"……!"

동생의 언월도가 하늘로 올라가고 박진범은 비참하게 외쳤다.

"안 돼애애애!"

그렇게 박수범의 언월도가 떨어지는 그 순간.

황금빛과 함께 한 남자가 둘 사이에 껴들어 갔다.

"후우……."

이서하.

식은땀을 흘리며 달려온 이서하는 박민아를 내려 보며 말했다.

"저 안 늦었습니다. 딱 맞춰 왔어요. 나중에 뭐라고 하면 안 됩니다?"

희망의 불꽃이 다시 타오르기 시작했다.

◆ ◈ ◆

나와 박민주는 단 한 번도 숨을 고르지 않고 사냥 대회가 열리는 숲으로 향했다.

상황이 상황인 만큼 대화는 없었다.

그저 최대 속도로 최단 거리를 달릴 뿐.

그렇게 숲에 도착한 나는 박민주에게 외쳤다.

"달리면서 들어. 위치는 내가 특정할 거야. 너는 내가 특정한 위치를 저격할 수 있는 장소로 가."

"알았어."

박민주는 고개를 끄덕인 뒤 나무 위로 뛰어 올라갔고 나는 숲속으로 달려 들어가며 육감을 발동했다.

사냥 대회인 만큼 대부분은 흩어져 사냥할 것이다.

사냥 목표가 겹치면 분쟁이 일어날 테니 말이다.

하지만 박수범이 가주를 기습할 생각이라면 그와 함께 움직이고 있을 터.

내가 찾아야 하는 것은 다른 사냥대보다 규모가 큰 단 하나의 사냥대뿐이다.

'숲이 얼마나 넓은지는 모르지만…….'

일단 해 보고 생각해야 한다.

그렇게 육감이 퍼지는 순간.

오래 살필 것도 없이 서로 섞여 싸우고 있는 한 무리가 느껴졌다.

'찾았다.'

나는 육감을 유지하고 전속력으로 달려 나갔다.

'왜 안 좋은 예감은 틀리질 않냐?'

박수범이 신태민의 말대로 움직인 것이 확실했다.

미래가 바뀌었다.

'내가 2차 원정을 비틀었기에 신태민이 움직인 것이다.'

예측했어야만 한다. 모든 상황을 인식하고 더 빠르게, 조심스럽게 움직였어야 한다.

'제발 버텨라.'

박진범은 죽었을까? 박민아는? 지금 격하게 싸우고 있는 저들은 과연 누구일까? 신평이 무너진다면 나는…….

'생각하지 말자.'

난 생각을 멈추고 극양신공을 사용했다.

조금만 양기의 비율을 올렸음에도 몸이 즉각 반응하기 시작했다.

아직도 회복되지 않았구나.

하지만 멈출 수는 없다.

이 와중에도 하나씩 움직임이 사라지고 있었으니까.

이윽고 현장이 눈에 들어왔고 나는 생존자를 먼저 살폈다.

생존자는 셋. 다행히도 박진범과 박민아는 살아 있다.

하지만 그것도 지금뿐.

박민아가 중심을 잃고 넘어졌고 박수범이 최후의 일격을 날리는 것이 보였다.

"크윽!"

나는 극양신공의 수준을 올리며 박민아와 박수범의 사이에 껴들었다.

"안 돼애애애!"

박진범의 외침과 함께 난 박수범의 공격을 막았다.

등골이 오싹해지며 식은땀이 났다.

오래는 못 버틴다.

단 일합만으로도 확신할 수 있을 정도였다.

하지만 약한 모습을 보여서 좋을 건 없으니 일단 한마디는 하자.

"저 안 늦었습니다. 딱 맞춰 왔어요. 나중에 뭐라고 하면 안 됩니다?"

"이서하……."

박민아는 놀란 눈으로 나를 올려 보았다.

더 잘난 척을 하고 싶었으나 박수범이 그렇게 놔두지를 않을 것이었다.

박수범은 바로 연타를 날려 왔고 나는 몸을 틀어 그를 마주했다.

박수범은 나를 노려보며 말했다.

"운이 좋은 녀석이라고 생각했는데 다시 사지로 기어들어 왔구나."

그렇게 볼 수도 있다.

만약 내가 박진범과 함께 사냥을 나왔다면 다 같이 기습당했을 테니까.

하지만 박진범과 박민아가 죽는 것이 나에게는 더 불행한 일이니 오지 않을 수도 없다.

"젊어서 고생은 사서 한다고 하지 않습니까?"

"그래. 천우진을 죽였다는 실력 좀 보자."

박수범이 미친 듯이 언월도를 휘두르기 시작했다.

공격을 막을 때마다 손이 저렸고 조금이라도 극양신공의 수준을 낮추면 놓칠 것만 같았다.

'크윽.'

밀리기 시작했으나 극양신공을 더욱 끌어올릴 수는 없다.

솔직히 말하면 지금 이 상태도 오래 유지할 수는 없을 것만 같다.

하지만 난 혼자가 아니다.

"박수버어어어어엄!"

박민아가 옆에서 나를 돕기 시작했고 그래도 박수범을 상대로 어느 정도는 버틸 수는 있었다.

하지만 버티는 것뿐.

승리는 불가능에 가까웠고 박진범과 박춘식 역시 자신들의 싸움을 하기에 바빴다.

박수범이 가볍게 박민아를 튕겨 내고는 말했다.

"고작 버티는 것이 다냐? 역시 소문은 믿을 것이 못 되는군."

"맞습니다. 부풀려지기 마련이죠."

나는 순순히 인정했다.

천우진을 나 혼자 이긴 것도 아니고 온전히 내 실력만으로 해낸 것도 아니었으니 말이다.

그저 목숨을 건 도박에 성공했을 뿐.

"그래, 우리 형님이 널 좋아한 이유를 알겠구나. 의리는 있어. 혼자 이 사지에 뛰어들고 말이야."

"뭔가 착각하신 거 같은데……."

박수범은 자세를 잡은 뒤 나를 향해 돌진했다.

그의 말대로 나 혼자 왔다면 죽으러 온 것이나 다름없을 것이다.

"누가 저 혼자 왔다고 했습니까?"

그 순간 숲속에서 무언가 하얀빛을 뿜으며 날아왔다.

박수범은 화들짝 놀라며 자세를 틀어 언월도를 휘둘렀으나 그것은 방향을 꺾으며 그의 허벅지를 뚫고 나가 땅에 꽂혔다.

"이게 무슨……."

박수범은 당황한 듯 땅을 내려다봤다.

화살.

그것도 강철로 된 화살이 바닥에 꽂혀 있다.

이윽고 사방에서 수십 개의 화살이 날아와 박수범의 부하와 살수들을 요격하기 시작했다.

마치 살아 있는 것처럼 날아다니는 화살들.

나는 흐뭇하게 바라보며 말했다.

"신평에 천재가 하나인 줄 아셨습니까?"

신평이 자랑하는 진정한 보물의 등장이었다.

이서하가 온 덕분에 딸은 살았으나 상황은 달라지지 않았다.

박진범은 누구보다도 승산이 적다는 것을 잘 알고 있었다.

이서하가 아무리 천우진을 죽였다고 하더라도 이제 곧 17살이 되는 어린아이일 뿐이다.

나이에 어울리지 않는 실력을 갖추고 있을 것은 분명하다.

하지만 박수범을 이길 정도라고는 절대 생각하지 않았다.

'천우진도 선인들과 같이 잡았다고 했지.'

딱 그 정도.

선인들과 목숨을 걸고 천우진에게 검을 꽂아 넣을 정도.

그 정도만으로도 엄청난 것이지만 그 아이에게 기댈 수는 없다.

'내가 해내야 한다.'

가주이기에.

신평의 최고수이기에 박진범이 해내야만 했다.

아니나 다를까.

서하와 민아의 협공에도 동생은 끄떡없었고 박진범은 점점 초조해지기 시작했다.

"우오오오!"

박진범이 미쳐 날뛰면 날뛸수록 박수범의 부하들은 냉정하게 그를 붙잡았다.

그리고 그 순간 박춘식이 쓰러지는 것이 보였다.

"크아악!"

박수범의 부하들이 춘식의 주변을 둘러싸고 박진범은 미친 사람처럼 외치기 시작했다.

"춘식아! 춘식아!"

그 순간 어디선가 날아온 강철 화살이 박춘식을 공격하던 무사의 머리를 꿰뚫고 방향을 바꿔 한 명을 더 뚫고 지나갔다.

"……!"

박진범이 숨을 죽이는 그 순간 박수범 쪽에게서도 비명이 들려왔다.

"이게 무슨……."

박수범의 허벅지가 뚫려 있다.

이윽고 수십 개의 강철 화살이 마치 살아 있는 매처럼 하늘을 날아다니며 무사들을 저격했다.

어디서 날아왔는지.

누가 쏘았는지도 알 수 없는 화살.

날아다니는 화살의 수를 보아 수십은 될 것만 같다.

이서하가 궁수라도 끌고 온 것일까?

아니, 신평에는 저 정도 수준의 궁수가 없다.

단 한 명도 없는데 어떻게 수십 명을 끌고 올까?

그 순간 박진범의 머릿속에 한 사람이 스쳐 지나갔다.

신평에 있는 유일한 궁수.

"민주……?"

그토록 무시하고 무시했던 둘째 딸이 생각나는 것은 왜일까?

'일단은 춘식이부터.'

박수범의 부하들은 화살을 상대하느라 정신이 없다.

박진범은 잡념을 지우고 박춘식을 향해 달려간 뒤 그를 일으켜 세웠다.

"일어설 수 있겠느냐?"

"추한 모습을 보였습니다. 가주님."

"아니다. 잘 버텼다."

박진범은 근처의 무사 셋을 베어 넘긴 뒤 박춘식에게 말했다.

"등을 맡기마."

"맡겨만 주십시오."

신평의 최고수 두 명이 뭉치자 살수와 박수범의 부하들이
주춤거리기 시작했다.

박수범은 살수들을 향해 외쳤다.

"살수들은 궁수들부터 처리해! 진성, 정홍, 기윤! 너희 셋은
나를 쏜 방향으로 달려! 방심하지 마라. 엄청난 실력을 가진
놈이다."

"넵!"

그 또한 궁수가 여럿이라 생각한 것이다.

그렇게 살수들과 3명의 무사가 박민주를 찾으러 이동했다.

하지만 이미 모두가 느끼고 있었다.

전세가 점점 뒤집히고 있다는 것을 말이다.

◆ ◈ ◆

박민주는 나무에서 나무로 가볍게 이동하며 서하를 따라
갔다.

그녀의 품에는 서하가 선물해 주었던 강궁이 들려 있었다.

달라진 점이라면 바로 화살이었다.

외공과 내공 수준이 올라가면서 나무 화살 대신 무거운 강
철 화살을 멀리 날릴 수 있게 된 것이다.

이윽고 박민주의 눈에도 가족들이 보이기 시작했다.

"……!"

시체가 즐비했다.

잔혹한 광경을 발견한 박민주는 순간 멍해져 손을 떨기 시작했다.

모두 친하게 지냈던 무사들이었다.

영지 내의 정치를 신경을 써야 하는 아버지와 유지들은 조금 그녀에게 무심했을지 몰라도 무사들은 모두 친절했다.

그런데 다 죽었다.

"……어째서?"

어째서 이렇게 되었을까?

박민주의 시선이 이 사태를 만든 장본인에게로 향했다.

작은아버지는 항상 자상했다.

모두가 자신을 무시할 때도 그는 따뜻한 미소로 대해 주었다.

아마 일 년에 한두 번, 가끔 만났기에 그럴 수도 있다.

아니면 언니와 비교되는 모습이 불쌍해 보여 동정심에 그랬을 수도 있다.

이유야 어찌 되었든 항상 자신에게만큼은 상냥한 작은아버지였기에 박민주는 이 상황을 믿을 수 없었다.

그러나 그녀는 활을 들었다.

저격수에게 잡념은 치명적이다.

아버지가, 언니가 죽을 수도 있었기에 빨리 정신을 차려야만 했다.

'내가 해내야 해.'

부담감이 작은 어깨를 짓누른다.

맞출 수 있을까? 지금까지의 수련으로 과연 내가 도움이
될 수 있을까?

'······나 따위가 어떻게?'

떨리는 손이 진정되지 않았다.

이 순간에도 작은아버지와 서하가 싸우고 있었고 아버지
또한 무사들에게 둘러싸여 있었다.

박민주는 힘을 주며 손의 떨림을 멈추었다.

'괜찮아. 서하가 할 수 있다고 했어.'

언제나 서하는 맹목적인 믿음을 주었다.

자기 자신을 믿을 수 없다면 자기를 믿는 사람을 믿는다.

박민주는 크게 숨을 들이쉰 뒤 화살을 시위에 메겼다.

그리고는 천리사궁 비급에 적혀 있던 저격의 기본을 떠올
렸다.

'적이 위치를 특정할 수 없게 하라.'

박민주는 곡사로 네 발, 왼쪽으로 네 발, 오른쪽으로 네 발
을 쏘며 화살을 조종했다.

아홉 발이 동시에 목표물에 도착할 수 있도록.

적의 움직임을 예측해 화살의 궤도를 지정한 그녀는 박수
범을 향해 시위를 당겼다.

서하가 당하기 일보 직전이었음에도 박민주는 그 누구보

다 침착했다.

　- 상황에 따라 꼭 한 발로 적을 죽일 필요는 없다. 특히 적
이 고수일 경우 급소보다는 다리나 팔을 노리는 것이 나을 때
가 있다.

　고수일수록 더욱 반응 속도가 빠르고 치명상을 피하려는
경향이 있기 때문이다.

　군이 한 발로 끝내야 하는 것이 아니라면 다리나 팔을 맞춰
더 안전하게 다음 발을 준비하는 것이 낫다는 소리다.

　박민주는 비급에 적힌 대로 급소를 노리는 척 다리로 떨어
지는 화살을 쏘았다.

　천리사궁(千里蛇弓), 낙사(落射).

　이윽고 박수범을 향해 날아간 화살이 그의 허벅지를 꿰뚫
었다.

　박민주는 깊은숨을 내쉬고는 다시금 들이마시었다.

　'이동하자.'

　방금 공격으로 위치가 발각됐을 것이다.

　아니나 다를까 무사들이 달려오기 시작했다.

　박민주는 나무에서 나무로 빠르게 이동하며 몸을 숨겼으
나 상대는 신평의 정예다.

　아직 신법(身法)을 완벽하게 익히지 못한 박민주는 언젠가

따라잡힐 것이었다.

'적을 뿌리치지 못할 때는 숫자를 줄여라.'

박민주는 뒤로 돌며 화살을 날렸다.

천리사궁, 연사(聯射).

단순한 이름의 기술.

하지만 이는 두 개의 화살을 정확히 같은 궤적으로 쏘는 고난도의 기술로 여타 연사와는 차원이 달랐다.

무사는 첫 번째 화살을 쳐 낸 뒤 바로 뒤의 화살을 발견하고는 눈을 부릅떴다.

"미친……!"

두 번째 화살이 한 무사의 머리를 관통했다.

"……!"

아는 사람이 자신의 화살에 죽는다.

물론, 이미 저격으로 살인을 했다. 하지만 눈앞에서 지인의 머리가 뚫리는 것은 또 다른 느낌이었다.

그러나 박민주는 표정 하나 변하지 않고 두 번째 공격을 준비했다.

이제 적도 자신의 정확한 위치를 파악했다.

모 아니면 도.

적이 죽거나, 내가 죽거나.

"저쪽이다!"

그렇게 민주를 발견한 무사들은 예상하지 못한 듯 당황한 표정을 지었으나 곧 얼굴을 굳히고 돌진했다.

"민주 아가씨다! 거리만 줄이면 끝이야!"

박민주의 약점을 알고 있었기에 오직 접근하는 것만 신경 쓰면 된다.

박민주는 시위를 당긴 뒤 놓았다.

하늘로 한 발이 날아가고 박민주는 다시금 연사를 사용했다.

천리사궁, 연사(聯射).

연사에 또 한 명의 무사가 쓰러지고 마지막 한 명이 박민주의 코앞까지 다가와 언월도를 들었다.

"죽어어어어어!"

박민주는 눈을 질끈 감았다.

공격에는 반응할 수 없다.

지겹도록 그녀를 괴롭혀 온 약점.

그러나 무사가 박민주의 코앞까지 온 순간 하늘로 날렸던 화살이 그의 정수리를 꿰뚫었다.

"아……."

박민주는 자신을 향해 쓰러지는 무사의 몸을 받았다.

그의 머리에서 뿜어져 나온 피가 박민주를 향해 흘러내려 왔다.

"하아, 하아."

긴장감에 토할 것만 같다.

박민주는 그제야 순수하고 겁 많은 소녀로 돌아와 흐느꼈다.

"미안합니다. 미안해요……."

언젠가 먹을 걸 주었던 무사.

언젠가 자신을 호위해 주었던 무사.

언젠가 머리를 쓰다듬어 주었던 무사들.

그들이 전부 화살에 머리가 뚫려 죽어 가고 있었다.

그렇게 거친 숨을 몰아쉬던 박민주는 자신의 볼을 때리며
무사들의 몸에서 화살을 뽑아 비어 버린 화살통에 넣었다.

"……할 수 있다. 난 할 수 있다."

아직 가장 소중한 사람들이 위험하기에 감상에 빠질 때가
아니었다.

◆ ◈ ◆

박민주의 실력은 내 상상 이상이었다.

'역시 재능 있는 사람은 다르다니까.'

물론 박민주는 엄청나게 노력했지만 그녀가 활을 잡은 것
은 고작 1년이다.

노력만으로는 오를 수 있는 경지가 아니다.

나중에 오면 대견하다고 한마디 해 줘야겠다.

그건 그렇고 아직 싸움은 끝나지 않았다.

나는 박수범을 바라봤다.

그 역시 박진범과 동일하게 특유의 외공으로 상처를 지혈

한 뒤 나와 박민아를 돌아보았다.

"설마 저게 민주라는 말이냐?"

"네, 맞습니다."

"하아, 활을 배우기 시작했다더니 나를 맞출 정도일 줄이야."

"그러니까 제가 뭐라고 했습니까? 무신의 재능이라고 했잖아요. 전 입에 발린 소리는 안 합니다."

"그래, 그래. 인정하마. 하지만……."

박수범은 자세를 잡은 뒤 나에게 돌진해 왔다.

확실히 속도는 조금 느려졌다.

하지만 그렇다고 내가 우위에 설 수 있을 정도는 아니다.

"아무리 발버둥 쳐도 달라지는 것은 없다."

박수범의 말대로 크게 달라진 것은 없다.

아직도 박수범은 팔팔했고, 10명도 넘는 부하들이 있다.

거기에 살수들까지 합친다면 내 쪽이 불리한 건 마찬가지다.

"그리고 넌 내 손에 죽겠지."

"후우."

슬슬 몸에 한계가 오는 것만 같다. 박수범의 연타가 점점 버티기 힘들어지고 있었고 환하게 불타던 천광의 빛이 점점 사라졌다.

이제는 박민아마저 살수들과 싸우느라 정신이 없는 상황이었기에 더는 도움을 바랄 수도 없다.

그렇게 결국 천광의 빛이 꺼지고 나는 솔직하게 말했다.

"……정말 강하시네요."

박수범은 내 상상보다도 강했다.

신평에는 두 명의 고수가 있다고 했다.

하지만 회귀 전, 나는 박수범의 실력을 볼 기회가 없었다.

그렇기에 고수라는 것은 알고 있었으나 박수범이 이 정도일 줄은 생각하지 못했다.

허벅지가 뚫린 상태에서 저격을 전부 쳐 내며 양기 폭주 상태인 나를 압도할 정도라고는 말이다.

헛웃음이 나온다.

"하하하, 이거 진짜……."

박수범은 그런 나에게 말했다.

"이제야 네 주제를 알겠느냐? 그러니 신평의 일에는……."

"아뇨, 아뇨. 어이가 없어서 그럽니다."

정말로 어이가 없다.

회귀 전, 역사서에는 이렇게 기록되어 있다.

신평 내전 초기.

박수범은 훌륭한 기습으로 승기를 잡았다.

박진범의 정예는 지금처럼 기습에 당해 괴멸적 피해를 입었고 그 시점에서 무사의 수로 보나 질로 보나 일각산의 박수범이 더 유리했다.

그러나 최종 전투에서 박진범은 홀로 박수범에게 달려들어 그를 일도양단했다.

신평에는 두 명의 고수가 있다.

박수범과 박춘식.

그리고 한 명의 괴물이 있다.

신평의 호랑이. 박진범.

"도대체 가주님은 얼마나 강한 겁니까?"

그 순간 사방에서 들려오던 소리가 사라지고 누군가 내 옆에 와 섰다.

"기다리게 했구나 동생아."

박진범.

상처 입은 신평의 호랑이가 어금니를 드러냈다.

박수범은 표정을 굳혔다.

모든 것이 작전대로 흘러갔었다.

이서하가 등장하기 전까지만 하더라도, 박민주가 지원하기 전까지만 하더라도 모든 것이 그가 생각한 대로였다.

인생 최대의 거사였고 꼭 성공해야만 하는 일.

하지만 그 끝은 그가 기대한 것과 반대로 가고 있었다.

박수범은 뚜벅뚜벅 걸어오는 형님을 바라보다 입을 열었다.

"꽤 큰 상처라고 생각했는데 말입니다."

"이거? 간지러운 수준이지."

"허세도 참. 어렸을 적부터 그러셨죠."

"모두 껴들지 말아라. 내 싸움이다."

형제의 마지막 싸움.

박수범은 고개를 살짝 숙인 뒤 말했다.

"그럼 마지막으로 한 수 배우겠습니다."

박수범이 이를 악물며 달려들었고 두 언월도가 굉음을 내며 부딪쳤다.

그 한 합만으로도 박수범은 실력의 차이를 실감할 수밖에 없었다.

'역시 강하구나.'

형과는 언제나 비교당해 왔다.

신평의 호랑이. 신평의 자랑. 신평의 수호자.

생각 없이 장난이나 치며 살면서도 온갖 고평가를 받는 형이 부러웠다.

조금 더 일찍 태어났다는 것 덕분에 항상 자신의 위에 서 있던 형이 원망스러웠다.

같은 나이라면 금방 추월할 수 있을 텐데.

그렇게 생각하며 만든 환상 속의 동갑내기 형과 경쟁했고 그 결과 박수범은 명실상부 신평의 이인자가 되었다.

그러나 이제 깨달았다.

따라잡을 수가 없다는 것을.

같은 나이라고 하더라도 차이는 결코 메꿀 수 없었다는 것을 말이다.

그리고 지금도 박수범은 밀리고 있었다.

그렇게 한참 격렬하게 치고받던 두 사람은 언월도를 맞대고 힘겨루기를 시작했고 박진범이 입을 열었다.

"배후가 누구냐? 말하거라."

"배후 말입니까?"

박수범은 피식 웃었다.

배후는 신태민이다.

하지만 신태민이라고 할 수 있을까?

그가 무슨 제안을 건네 오더라도 자신이 움직이지 않았다면, 박진범의 편에 서서 모든 것을 말하고 똘똘 뭉쳤다면 이런 일은 벌어지지 않았을 것이다.

결국에는 모두 다 자기 욕심 때문에 벌어진 일이다.

배후가 있든 없든.

결국 박수범 본인이 선택한 일.

그 책임을 전가할 생각은 없었다.

"그저 제가 가주가 되고 싶었을 뿐입니다."

박수범은 마지막 순간에 자신의 욕망을 인정했다.

형을 뛰어넘고 싶었고, 형보다 잘할 자신이 있었다.

그렇기에 이번 기회를 잡은 것이다.

하지만 박진범은 인정할 수 없는 듯 말했다.

"그럴 리가 없다. 넌 그런 사람이 아니지 않느냐?"

박수범은 이를 악물었다.

"당신이, 당신이 나에 대해 뭘 압니까!"

박수범은 미친 사람처럼 언월도를 휘둘렀다.

20살, 무과에 합격하고 선인이 된 후로 일각산에 박혀 수비대장이라는 이름으로 살아왔다.

언제나 무사들과 수련하고 언제나 마수들과 싸워 왔다.

그렇기에 모든 것을 가진 형을 부러워하며 살아왔다.

그런 그를 박진범은 단 한 번도 제대로 본 적이 없다.

그런데 도대체 뭘 아는가?

언제, 얼마나 깊은 대화를 나누었다고 알겠는가.

그저 가족은 의리를 지켜야 한다는 말만 뻔질나게 할 뿐.

우리가 언제부터 좋은 형제였는가.

"……."

박진범은 악에 받친 동생을 바라보며 한숨을 내쉬고는 그의 언월도를 쳐 냈다.

챙! 하는 소리와 함께 언월도가 땅에 가서 꽂히고.

박수범은 한숨과 함께 자신의 형을 바라봤다.

"오랜만에 검을 맞댔습니다. 형님."

"말하거라. 우리를 해하려는 자가 누구더냐?"

"제가 선택한 일이라고 하지 않았습니까? 누구냐가 중요하겠습니까? 내가 하기 싫었다면 하지 않았을 것이고, 하려 했다면 했겠죠."

"쓸데없이 말 돌리지 말고!"

박진범은 일갈했다.

동생을 죽이고 싶지 않기에. 그가 생각을 바꾸어 다시 신평의 사람이 되기를 바랐다.

하지만 박수범은 씁쓸하게 웃으며 말했다.

"말하지 않는 편이 낫습니다. 그것이 신평을 위한 길입니다."

"이놈이 기어코! 내가 끌고 가 매질을 해서라도 말을 들어야겠구나."

"그럴 수는 없을 겁니다."

박수범은 그 말과 동시에 검을 뽑았다.

허리춤에 항상 가지고 다니던 단검이었다.

그리고는 망설임 없이 자신의 목을 그었다.

스윽.

소름 돋는 소리와 함께 그의 목에서 피가 뿜어져 나왔다.

"수, 수범아!"

박진범은 동생을 가서 안았으나 박수범은 이미 가망이 없었다.

"어째서 이러느냐. 어째서…….

"창피해서…….

박수범은 조용히 눈을 감았다.

"이런 짓을 해 놓고 창피해서 살 수 있겠습니까?"

그것이 그의 마지막 말이었다.

동생을 이해하지 못한 박진범은 고개를 숙이고 눈물을 흘릴 뿐이었다.

동생이 했던 말.

당신이 나에 대해 뭘 아냐고 했던 말이 가슴에 박혀 사라지지 않는다.

그리고 그때 숲 안쪽에서 산발이 된 둘째 딸이 나왔다.

"아빠……."

박민주.

한 번도 이해해 보려고 하지 않았던 딸.

박진범은 자리에서 일어나 딸에게 다가가 안았다.

"……미안하구나. 민주야. 미안하다."

그렇게 신평 사냥 대회는 막을 내렸다.

박진범이 유리함을 확인한 살수들은 사방으로 흩어졌다.

이미 실패한 임무에 목숨을 버릴 필요가 없기 때문이다.

덕분에 나는 박진범과 박수범, 두 형제의 싸움을 방해 없이 관람할 수 있었다.

처절한 싸움의 끝에 박수범이 자결하는 것으로 끝이 났다.

야망이었을까? 아니면 인정받고 싶은 욕구였을까?

뭐든 상관없다.

그는 창피해서 죽는다고 말했다.

평생을 창피하게 살아온 나로서는 충분히 이해할 수 있는 발언이었다.

박진범은 구슬프게 눈물을 흘렸다.

그에게는 모든 것을 잃은 날이었다.

그때 산발이 된 박민주가 숲속에서 걸어 나왔고 박진범은 홀린 듯 자리에서 일어나 그녀를 끌어안았다.

"……미안하구나. 민주야. 미안하다."

느끼는 것이 많았을 것이다.

박수범의 한마디.

나에 대해 뭘 아냐는 그 한마디가 아마 평생 생각날 것이다.

박진범은 박민주도, 박민아도 똑바로 바라보지 않았다.

그저 자기 생각에 매몰되어 두 사람의 한계를 정해 놓았다.

이제 아닐 것이다.

차라리 잘되었다.

박민주는 인정받을 수 있을 것이다. 지금부터라도 보호받으며 제대로 수련한다면 회귀 전보다 더 높은 경지에 이를 수 있으리라.

그렇게 한참 동안 딸을 안고 있던 박진범은 나를 향해 고개를 돌렸다.

"덕분에 살았다. 서하야. 하지만 감사를 표하기 전에 하나만 물어보마. 어떻게 알고 왔느냐? 혹시 배후가 누군지 아느냐?"

박진범은 차분하게 말했으나 그의 눈에는 살기가 가득했다.

만약 내가 신태민의 이름을 꺼내면 금방이라도 병력을 모아 왕성으로 진격할 기세다.

일단 박진범을 진정시켜야 한다.

지금은 전쟁을 벌일 때가 아니니까.

"말씀해 드릴 수는 있습니다만, 제 말을 끝까지 듣겠다 약
조해 주실 수 있습니까?"

"……그렇게 하마."

"배후는 신태민입니다."

"……"

박진범은 부르르 떨다가 눈을 감으며 작게 한숨을 내쉬었다.

"계속해 보거라."

"신태민이 가주님의 동생분을 포섭하려 한다는 정보가 있
었습니다. 그래서 죄송하지만 후암의 단원 하나를 일각산에
심어 두었습니다. 그리고 그녀가 허남재를 발견했습니다."

"허남재?"

"신태민 왕자의 책사입니다."

"……그래서?"

"그 정보원이 복귀하지 않았고 민주와 함께 찾으러 갔다
오는 길입니다. 다행히 정보원은 살아 있었고 이렇게 빠르게
복귀할 수 있었습니다."

"지금 한 말에 거짓은 없으렷다?"

"거짓이 있다면 저를 베셔도 좋습니다."

"신태민 이 망할 자식이 감히 내 동생을 부추겨!"

박진범의 고함에 나는 눈을 질끈 감았다.

심장이 요동친다.

그만큼 분노가 담겨 있다.

하지만 나는 그의 앞을 막았다.

"가주님, 아직은 움직이시면 안 됩니다."

"그건 내가 정한다."

"그래서 반란을 일으키시겠다는 겁니까?"

박진범은 흥분을 가라앉혔다.

허남재를 본 것은 후암뿐이었고 후암의 정보는 증거가 확보되기 전까지는 효력이 없다.

증거가 없다면 박진범의 거병은 반란이 되어 버린다.

미래가 말도 안 되게 꼬일 것이다.

'이미 조금은 꼬였지만…….'

시기가 앞당겨지거나 늦춰졌을 뿐, 조금이라도 내가 예측하고 움직이기 위해서는 대류가 바뀌지 않는 상태로 놔둬야 한다.

나는 박진범을 설득하기 위해 말했다.

"훗날 두 왕자가 싸울 때 복수를 하실 수 있을 겁니다. 그때까지 기다려 주십시오."

"기다릴 수 없다면?"

"군자의 복수는 10년을 기다려도 모자라지 않는다고 합니다. 부디 때를 기다려 주시길 바랍니다."

박진범은 작게 심호흡했다.

그 또한 알고 있다.

지금은 움직일 적기가 아니라는 것을.

감정에 휘둘리지 않고 딱 한 번만 생각하더라도 알 수 있다.

"……좋다. 너의 은혜와 나의 복수를 그때 갚겠노라 맹세하마."

박진범은 나에게 살짝 고개를 숙였다.

가주인 그가 보이는 최고의 예의였다.

"약속 기억하겠습니다."

나는 이서하가 아닌 신유민의 대리인으로서 그의 약속을 받았다.

그 뒤 나는 시체들을 돌아보며 생각했다.

'출혈은 있지만.'

생각보다 쉽게 신평을 얻었다.

Chapter 36.

Chapter 36.

수도로 복귀한 전가은은 바로 이주원과 선생의 앞으로 찾아가 상황을 보고했다.

이서하가 알게 되었고 박수범의 반란이 실패로 돌아간 것.

자신의 실책을 순순히 인정한 그녀는 합당한 벌을 기다렸다.

하지만 선생은 무표정하게 말했다.

"잘하셨습니다. 이서하가 있어서 다행이네요."

"네?"

"애초에 우리는 신태민을 지지하는 것이 아닙니다. 아, 물론 신태민이 이기면 좋겠지만 목표는 두 왕자가 최대한 비슷한 전력으로 싸우는 것입니다. 신평이 신태민에게로 넘어갔다면 그럴 수 없겠죠."

생각보다 신태민이 빠르게 움직였다.

실패하면 신평을 통째로 형에게 넘겨주는 꼴인데 말이다.

어쨌든 이렇게 된 이상 신평은 신유민의 것이라고 보는 것이 맞다.

"신평의 전력 손실은 얼마나 됩니까?"

"선인 40명가량이 죽고 박수범 또한 죽었습니다. 지휘부는 거의 괴멸했다고 볼 수 있습니다."

일각산과 박진범의 친위대는 신평의 머리 그 자체였다.

그런 이들이 40이나 죽은 것이다.

신평의 전력은 반 이하로 줄었다고 보는 것이 맞다.

"그럼 힘의 균형도 맞춰지겠네요. 차라리 잘됐습니다. 신평 같은 변수가 상수가 된 거니까요."

나쁘지 않은 결과다.

"수고하셨습니다. 들어가 보세요."

"네."

전가은은 선생과 이주원에게 고개를 숙인 뒤 사라졌다.

선생은 이주원을 힐끗 올려 보고는 안경을 고쳐 쓰며 말했다.

"전가은 씨답지 않게 명령도 없이 큰 정보를 이서하에게 주었네요."

"스스로 판단했겠지. 결과적으로는 좋잖아?"

"스스로 판단하는 사람은 아니지 않습니까?"

"······그래서 하고 싶은 말이 뭐야?"

"너무 오래 붙여 놓은 게 아닐까 싶어서 말입니다."

선생은 살짝 미소를 지었다.

"이서하는 매력적인 인물입니다. 주변에 사람들이 모이고 있죠. 당장 선인급만 하더라도 강무성, 최효정, 박진범. 그 밑으로 유아린, 박민아, 박민주, 한상혁."

"박진범 말고는 별거 없는데?"

"박진범급도 이제 생기기 시작했다고 보는 게 맞겠죠."

선생은 담담하게 말했다.

"전가은 씨가 변질되지 않게 조심하세요."

"그럴 리 없어."

이주원은 기분 나쁜 듯 벌떡 일어나고는 의미심장하게 웃었다.

"절대로 가은이는 날 배신하지 않을 테니까."

"그렇습니까?"

"당연하지. 그럼 난 간다."

밖으로 나오자 눈보다 하얀 이주원의 피부가 빛이 났다.

과거의 일들이 생각난다.

어린 전가은이 들어와 꽃이 될 때까지의 일들이.

"시간 참 빠르다."

이주원은 그렇게 중얼거리며 눈길을 걸어 나갔다.

내전 이후, 박진범은 빠르게 상황을 정리했다.

암부의 살수들이 누군가의 지시를 받고 습격해 왔다면서 말이다.

물론 그것을 곧이곧대로 믿는 이들은 없었다.

신평의 정예를 도륙을 낼 수 있는 살수들이 세상 어디에 있겠는가?

한둘이라면 모를까 40명에 가까운 최고수들을 말이다.

만약 그것이 가능하다 하더라도 왕국에 있는 돈을 전부 바쳐야만 움직여 줄 것이다.

이에 모두가 박진범에게 의문을 제기했지만 박진범은 전부 무시하며 대답하지 않았다.

박진범이 누구도 믿을 리 없는 주장을 한 이유는 동생과 일각산 무사들의 명예를 지켜 주기 위함이었다.

의혹이 이는 것은 어쩔 수 없겠지만 적어도 역사는 박진범의 말을 기록할 것이고 시간이 지나면 모든 의혹은 잊히고 기록만 남을 것이다.

공식 발표 이후 박진범은 의원들에게 둘러싸여 치료를 받았다.

신평에서 날고 기는 의원들이 전부 한자리에 모였고 동시에 경악했다.

"……도대체 어떻게 움직이신 겁니까?"

보통 사람이라면 진작에 죽었어야 할 상처였지만 박진범
은 태연하게 치료를 받고 회복했다.

역시 세상은 넓고 괴물은 많다.

나는 며칠 더 신평에 머물며 상황을 지켜보았다.

박진범에게 인정을 받은 박민주는 전용 사격장과 수련장
을 가지게 되었다.

또한 전국에서 날고 긴다는 궁사들이 초빙되어 그녀의 수
련을 도와주었다.

그리고 모두들 이구동성으로 말했다.

"천재로다!"

궁신의 무공인 천리사궁을 수련하는 박민주가 다른 궁사
들에게 배울 건 없어 보이지만 아무튼 좋은 일이다.

이윽고 내가 떠나는 날.

장례식으로 분위기가 좋지 않았기에 나는 조용히 박민아
에게만 말을 남기고 떠날 준비를 했다.

"가는 거야? 조금 더 있다 가지."

"이제 가서 수련해야죠."

"……고마웠어."

박민아는 시선을 피하며 말했다.

"은혜는 절대 안 잊을게."

"맞아요. 이거 공짜 아니에요. 다 기억하고 있습니다. 알죠? 신평은……."

"원수든 은혜든 두 배로 갚는다. 필요하면 불러."

나는 미소를 짓고는 고개를 끄덕였다.

그렇게 신평의 슬픔이 가시기도 전에 나는 인사를 나누고 청신으로 향했다.

'미래가 앞당겨질 수도 있구나.'

이번 신평의 일로 깨달은 것이 많다.

벌써 회귀한 지도 몇 년이 지나 회귀 전과는 많은 것들이 바뀌었다는 것이다.

기존의 전제가 바뀌자 사람들도 예상보다 빠르게, 혹은 다르게 움직이기 시작했다.

예를 들어 내가 신유민의 편이 되어 세력이 확장되자 허남재가 회귀 전보다 더 빨리 움직인 것처럼 말이다.

생각보다 여유가 있으리라 예상했는데 안일한 생각이었다.

"이러니까 내가 멍청하다는 소리나 듣지."

자책은 이만하면 됐다.

천재는 기록에서 배우고 범인은 경험에서 배운다고 한다.

정말로 둔재가 되기 싫으면 이번 경험으로 배워야만 한다.

'일단 최대한 빨리 몸을 회복해야 해.'

천천히 회복할 생각이었지만 생각이 달라졌다.

당장 한 달 뒤, 두 달 뒤 무슨 일이 벌어질지 모르기에 무슨 수를 써서라도 빠르게 회복해야만 할 것 같다.

'생각해 보자. 뭐가 있는지.'

계획에 있던 일이 아니기에 앞으로 생각해야만 한다.

그렇게 청신에 도착한 나는 아버지에게 인사를 한 뒤 바로 연무장으로 향했다.

상혁이는 잘하고 있으려나?

"한 번 더!"

"우오오오오! 켁!"

"다시 오너라. 그것밖에 안 되느냐!"

"우오오오오오오! 꾸엑!"

"……."

청신산가.

연무장에 들어선 나는 세 합도 버티지 못하고 떨어져 나가는 상혁이를 발견할 수 있었다.

상혁이는 계속 일어나 현철쌍검을 휘두르며 달려들었고 할아버지는 맨손으로 공격을 막아 냈다.

뭐야? 저거? 무서워…….

그때 할아버지가 나를 발견하고 말했다.

"오, 서하 왔구나. 얼른 준비하고 나오너라."

"그게 하루는……."

"응?"

"아닙니다. 바로 나오겠습니다."

'하루는 쉬면 안 될까요?'라고 물어보려고 했으나 그럴 용기가 나지 않았다.

'그냥 하자.'

편안하게 마차 타고 왔으면서 휴식은 무슨 휴식이냐.

그렇게 적당한(?) 수련을 끝낸 후 나는 할아버지에게 면담을 요청했다.

"그래, 하고 싶은 말이 무엇이냐?"

"혹시 제 몸 상태를 아십니까?"

"운이에게 언뜻 들었다."

허운.

약선님이 내 상태를 조금은 말해 준 것만 같다.

하지만 정확하게 하는 편이 더 나은 조언을 들을 수 있기에 나는 다시 설명했다.

양기 폭주로 인해 내 몸이 근본적으로 망가진 것.

자연스럽게 회복이 되려면 아주 긴 시간이 필요하다는 것.

그리고 바로 회복해야만 하는 이유가 있다는 것까지 말이다.

"회복을 서둘러야 하는 이유는 무엇이냐? 양기 폭주를 쓰지 않아도 넌 무과에 충분히 합격할 실력이 된다."

"무과를 걱정하는 것이 아닙니다."

"그럼 무엇이냐?"

"……힘이 필요할 때를 걱정하는 것입니다."

할아버지는 작게 신음했다.

"그럼 계속 위험한 행동을 할 생각이란 말이냐? 안 그래도 너의 그 불나방 같은 행동에 상원이와 이야기를 해 보았다. 나도 이번 일을 계기로 너를 품어 키워야 한다고 생각한다."

지금까지의 위험은 아무런 일도 없이 지나간 것이나 다름없다.

날 죽이지 못하는 시련은 날 더 강하게 만든다는 말이 있지 않던가.

할아버지는 그 말대로 아버지가 뭐라고 한들 나를 응원해 주었다.

그런데 죽을 뻔했다.

아니, 몸은 이미 반쯤 죽어 버렸다.

그렇기에 이제 할아버지도 아버지와 뜻을 같이한 것이다.

내가 충분히 성장할 때까지 보호하기로.

"그냥 네 몸이 자연스럽게 회복할 때까지 기다리거라."

"그럴 수 없습니다."

"이건 부탁이 아니라 명령이다."

할아버지는 단호한 얼굴로 말했다.

하지만 물러설 수 없다.

나는 반드시 회복해야만 한다.

"저는 어떻게서든 회복해야 합니다. 해야만 할 일이……."

"오냐오냐해 줬더니 네가 기어오르는구나!"

나는 눈을 질끈 감았다가 바로 떴다.

그 누구에게서도 느껴 보기 힘들었던 박력이다.

손이 떨리고 심장이 미친 듯이 뛰어 댔지만 나는 그대로 버텼다.

'물러설 수 없다.'

그만큼 할아버지의 도움이 절실했다.

"부탁드립니다. 해야만 하는 일이 있습니다. 할아버지가 도와시주면 저는 회복할 수 있습니다."

나는 고개를 숙여 다시 부탁했고 할아버지는 작게 숨을 들이마신 뒤에 말했다.

"어떻게 생각하느냐. 상원아?"

그러자 밖에서 듣고 있던 아버지가 안으로 들어왔다.

"내가 이렇게까지 했는데도 물러서질 않는구나."

"서하야. 그냥 수련에 열중하면 안 되겠니? 이대로 가면 널 잃을 거 같아 두렵구나."

아버지의 솔직한 말에 나는 아무 말을 할 수 없었다.

어머니가 죽은 후 나만 보며 살아오신 분이다.

이제 철이 들었나 싶었더니 사지를 향해 미친 듯이 달려드는 아들을 보는 것은 아마 지옥 같을 것이다.

나 또한 그랬으니까.

아들은 아니라도 까마득한 후배들이 충성과 용맹함으로 두려움을 포장하며 사지로 뛰어들 때 미칠 것 같았으니까.

그래도 해야 한다.

난 그러기 위해 회귀해 왔으니 감당해야 한다.

"아무리 그래도 제가 해야 하는 일이 많습니다. 이해해 주시길 바랍니다. 아버지."

아버지는 그런 나에게 씁쓸한 미소를 보여 주었다.

"그래, 막는다고 막을 수는 없겠구나. 그럼 회복해야지. 그래야 네가 더 오래 살 테니까."

아버지는 저런 사람이다.

항상 자신의 생각보다 나의 뜻을 우선시해 주었다.

설령 그것으로 인해 자신의 가슴이 찢어지더라도 말이다.

"결정을 냈느냐. 상원아."

아버지는 고개를 끄덕이며 할아버지에게 말했다.

"부탁합니다. 아버지."

"좋아. 그럼 내가 뭘 도와주면 되지?"

신평에서 청신으로 오는 길에 나는 회복 방법을 고심했다.

그리고 가장 빠르고 확실한 방법을 찾아낼 수 있었다.

그것은 바로……

"마물 사냥을 도와주셨으면 합니다."

마물의 심장을 먹는 것이다.

마물이라는 말에 할아버지가 미간을 찌푸렸다.

"진심으로 하는 말이냐?"

"네."

이 몸의 회복 방법은 단 한 가지.

마물의 심장을 잡아먹는 것.

오랫동안 음기에 노출되면 마수(魔獸)가 되고 그 상태에서 수백 년을 살아남으면 마물(魔物)이 된다.

그 마물의 심장을 먹으면 양기 폭주로 인해 망가진 몸을 중화시킬 수 있다.

간단하게 말하자면 펄펄 끓는 물에 차가운 얼음을 넣어 순식간에 식히는 것과 같은 이치.

'나찰들이 애용하던 방법.'

난 나찰들이 마물의 심장을 섭취하는 것으로 폭발적인 성장을 이룩하는 걸 본 적이 있다.

순수한 음기를 오랜 시간 동안 모아 놓은 마물의 심장은 나찰에게 있어 영약과도 같았다.

'보통 인간이라면 먹는 순간 미쳐 버리겠지만.'

나의 몸은 이미 양기로 중독된 상태이기에 비슷한 효과를 내 줄 것이다.

정신적인 부분은 어떻게든 할 수 있겠지.

하지만 나 혼자서는 절대로 마물을 죽일 수 없다.

마물은 마수와는 다르다.

오히려 나찰에 가깝다고 보는 게 옳을 것이다.

어느 정도의 지성도 있으며 자신만의 군대를 가지고 지역 하나를 통솔하는 초월적 존재.

혼자 잡으러 가는 건 자살행위나 다름없다.

하지만 할아버지가 함께라면 아무런 걱정이 없다.

철혈이 못 죽이는 것은 없으니까.

할아버지는 표정을 굳히며 말했다.

"마물을 죽이면 무슨 일이 벌어지는지는 알고 있겠지?"

"……알고 있습니다."

마물을 죽이지 않는 이유는 크게 세 가지.

일단 첫 번째로 죽이기가 어렵다.

자신만의 군대를 가진 마물을 죽이기 위해서는 천 명은 넘는 무사들이 토벌 작전을 펼쳐야 한다.

그중에 반만 죽어도 너무 큰 손해다.

그리고 두 번째 이유.

굳이 마물을 죽일 필요가 없기 때문이다.

마물은 한 곳을 지배하며 웬만해서는 그 지역을 벗어나지 않는다.

마물이 있는 지역 근처에 다가가지만 않는다면 아무런 문제가 없다는 소리다.

사람들이 조금은 돌아가야 한다는 문제가 있지만, 굳이 무사 수백을 희생시키면서까지 해결해야 할 일은 아니다.

마지막 세 번째.

마물이 죽으면 그 휘하에 있던 마수들이 날뛰기 시작한다는 것이다.

차라리 마물의 통제 아래에 있을 때 마수들이 더 얌전하다.

한마디로 긁어 부스럼.

마물은 토벌할 이유가 단 하나도 없는 그런 존재다.

하지만 마침 꼭 토벌해야 하는 마물이 있다.

나는 지도를 가져온 뒤 위치를 찍었다.

"바로 여기 있는 마물입니다."

왕국 정중앙에 있는 고원이다.

신평과 수도를 이어 주는 거대한 고원.

땅도 평탄하고 딱히 장애물이랄 것도 없으나 이곳은 마물에 의해 지배되고 있다.

'나찰과의 전쟁에서 이 마물들의 땅이 거슬렸지.'

마물이 지배하는 땅을 돌아가야 한다는 것이 지금은 별문제가 되지 않는다.

하루, 이틀이 더 걸리더라도 소중한 무사들을 소모하는 것보단 나았으니까.

하지만 그 하루 이틀이 미래에는 전황을 뒤집어엎었다.

당장 전쟁에 참여할 무사도 모자란데 마물과 싸워 길을 뚫을 수도 없었으니 말이다.

겸사겸사.

내 편인 신평이 수도로 올 길도 미리미리 뚫어 놓고, 마물을 토벌해 청신의 이름도 올리고, 내 몸도 고치고.

일타삼피를 노린다.

"흐음."

할아버지는 잠시 생각하다 고개를 끄덕였다.

"한참은 관리도 해야 하고 힘들겠지만 손자 놈 몸을 회복시켜야 하니 움직여 볼까? 일단 전하에게 허락을 먼저 구해야겠군."

"감사합니다."

"현아, 준비해라. 난 잠시 전하를 뵙고 오마."

"네."

황 노인이 고개를 숙였고 할아버지는 자리에서 일어났다.

오랫동안 고원을 지켜 온 마물과 철혈의 싸움.

할아버지의 싸움을 옆에서 본 적이 단 한 번도 없기에 솔직히 나도 좀 기대된다.

그때였다.

"그럼 서하 너는 열심히 수련하고 있거라."

"네, 할아버지."

나는 꾸벅 인사를 한 뒤 밖으로 나왔다.

연무장으로 가자 상혁이가 반쯤 정신이 나간 채로 휴식을 취하다 나를 발견하고는 벌떡 일어났다.

"너, 신평에서 무슨 일 있었지?"

"응?"

"다들 신평 얘기만 하던데? 내란이 있었다고. 말해 봐. 너도 있었지?"

"뭐, 그렇게 됐어."

예상한 일은 아니었지만 말이다.

그때 상혁이가 표정을 굳히며 말했다.

"이번에는 무슨 일이야? 철혈님이랑은 무슨 이야기 한 거야?"

"마물 퇴치 좀 부탁했어. 곧 고원으로 출진을……."

"나도 간다."

"응?"

"나도 간다고. 이번에는 나도 간다고. 알았어?"

녀석은 주먹으로 내 어깨를 툭 쳤다.

안 그래도 데리고 가려고 했는데 왜 저렇게 진지해?

아무래 아린이나 민주와는 큰일을 같이했으면서 자기만 쏙 빼놓고 다닌 게 서운했나 보다.

"내가 얼마나 강해졌는지 기대해라."

나는 피식 웃고는 고개를 끄덕였다.

"그래, 인마. 너무 약하면 안 데리고 다닐 거야."

"그, 그럴 일 없어. 아마도."

상혁이는 그렇게 말하며 다시 수련장으로 향했다.

◆ ◈ ◆

왕궁.

이강진은 신유철을 만나기 위해 알현실에서 기다렸다. 급히 만들어진 자리였기에 알현실에는 신태민, 그리고 소수의 관리들만 자리했다.

어떠한 이유든 긴급한 상황이 아니라면 군사를 움직이기 전에 국왕 전하의 허가를 받아야 했다.

이윽고 지팡이를 짚은 신유철이 들어와 옥좌에 앉았다.

이강진은 허리를 숙여 인사했다.

"그간 강녕하셨습니까, 전하?"

"사람도 별로 없는데 낯간지럽게 그러지 말고 바로 본론으로 들어가지. 우리 친구가 뭘 부탁하러 왔나?"

"중앙 고원의 마물을 사냥하기 위해 출진하는 것을 허락해 주시면 감사하겠습니다."

"중앙 고원?"

신유철은 생각에 잠겼다.

마물이 중앙 고원을 차지한 지는 벌써 100년은 더 넘었다. 또한 마물은 장수하면 할수록 더욱 강해지기에 전보다 훨씬 강해졌다고 생각하는 것이 옳다.

"괜찮겠느냐? 여러 가지로 쉽지 않을 텐데 말이야. 그리고 지금까지 그곳을 놔둔 이유도 알고 있을 텐데."

"그건 이제 걱정하지 않으셔도 됩니다."

"하긴, 소식은 들었다."

"허락만 해 주시면 청신의 무사들과 함께 해 보겠습니다."

신유철은 잠시 생각하다 고개를 끄덕였다.

"그래, 네가 하고 싶다면 해야지. 허락하마."

이강진은 미소와 함께 고개를 꾸벅 숙이고는 밖으로 나갔다.

신태민은 밖으로 나가는 전설의 등을 가만히 바라보다 할아버지에게 말했다.

"철혈님이 왜 갑자기 중앙 고원을 공격하시려는 겁니까?"

"글쎄다. 이런 쪽으로는 신중한 녀석이니 뭔가 이유가 있어도 있겠지."

"아무리 철혈님이라도 힘들지 않겠습니까?"

철혈을 과소평가하는 것은 아니다.

그만큼 100년 이상을 살아온 마물의 힘은 강력했다.

물론 철혈이 활약하는 모습을 직접 본 적이 없어 정확하게는 알 수 없었으나 청신의 병력만으로는 다수의 마수를 상대할 수 없으며 보급 또한 문제가 될 것이다.

신유철도 동의한다는 듯 고개를 끄덕였다.

"힘들겠지. 아무리 강진이라도 마냥 쉽지는 않을 거야."

"네, 아무래도 100년 넘게 산 마물을 상대하는 건 한 명의 힘으로는 힘드니까요. 그렇다고 청신에 엄청난 인재가 있는 것도 아니고……."

중얼거리던 신태민은 시선을 느끼고 고개를 돌려 할아버지를 쳐다보았다.

신유철은 의미를 알 수 없는 미소로 손자를 바라보고 있었다.

"왜 그러십니까?"

"아니다. 뭐, 너도 알게 되겠지. 그럼 해산하라."

뭔가 다른 뜻이 있는 것일까?

'분명 할아버지도 힘들다고 했었는데.'

그렇다면 그 의미심장한 미소는 무엇이란 말인가?

신태민은 자신의 궁으로 돌아와 허남재를 불렀다.

"갑자기 어떤 일로 부르셨습니까? 왕자님."

"철혈님이 중앙 고원을 공격한다더구나. 이유를 알 수 있을까?"

"중앙 고원 말입니까? 호오. 그거라면 신평이랑 길을 틀려고 하는 거 아니겠습니까?"

허남재는 단번에 중앙 고원의 지리적 가치를 간파했다.

사실, 그리 어려운 일은 아니다.

이서하와 신평, 즉 청신과 신평의 관계를 생각한다면 충분히 유추할 수 있다.

허나, 아무리 그래도 그만한 가치가 있을까?

"흐음, 하지만 이상하네요. 마물이 다스리는 땅은 마물 하나를 죽인다고 내 것이 되는 것이 아닙니다. 마물을 죽이면 지배당하고 있던 마수들이 풀려나 한동안 그 일대가 아수라장이 될 테니까요."

막말로 마물을 죽이는 것보다 관리하는 것이 더 어렵다는 말이 나올 정도였다.

"병력을 상시 주둔시키기에는 돈과 인력이 너무 많이 들고, 그러지 않으면 애꿎은 무사들을 희생시켜 마물만 죽이고 땅은 버리는 셈이 됩니다."

마물이 지배하는 땅을 굳이 공격하지 않는 이유였다.

차지하는 것도, 관리하는 것도 힘들다.

초기 마물이 나타났음을 확인하고 바로 토벌하는 것이 아니라면 포기하는 편이 낫다.

그런데도 신태민은 불안해 말을 이어 갔다.

"하지만 만약 그걸 해내면 신평과 청신에 일직선 도로가 깔리는 셈인데? 놔둬도 되겠느냐? 훗날 문제가 될 수도 있을 거 같은데."

"괜찮습니다. 청신 입장에서는 득보다는 실이 많을 겁니다. 아무리 이건하 선인님이 있다고 하더라도 청신은 신유민 저하의 편이라고 생각하는 게 맞겠죠. 그런 의미로 청신이 중앙 고원의 토벌에 성공한다고 하더라도 관리를 위해 많은 힘을 써야 할 것이고 만약 실패하면 철혈님의 위상이 땅에 떨어질 테니 우리로서는 나쁠 것이 없죠."

"……그렇게 생각할 수도 있겠군."

모든 일에는 자원이 낭비되기 마련이다.

"아무리 철혈님이라도 아무런 손실 없이 마물을 이기는 것은 힘들 겁니다. 게다가 중앙 고원이면 적오(赤鳥)가 있는 곳 아닙니까?"

지리적으로 중요한 요충지였음에도 마물을 놔둔 것은 그만한 이유가 있다.

그중 하나가 중앙 고원의 지배자.

적오(赤烏)의 강함이었다.

"결과가 어떻게 나오든 청신의 전력은 크게 떨어지겠죠. 우린 앉아서 굿이나 보고 떡이나 먹죠."

신태민은 만족스러운 얼굴로 고개를 끄덕였다.

신평의 전력도 바닥을 친 지금 청신마저 자멸해 준다면 더할 나위 없이 고마울 뿐이었다.

"그래, 그럼 지켜보자."

출전 준비는 요란했다.

사방에 흩어져 있던 청신 출신의 선인, 무사들이 모여들었고 오랜만에 동문을 만난 이들은 반갑게 서로를 맞이하며 친목을 다졌다.

'딱히 아는 사람은 없네.'

회귀 선 청신 출신에서 대성한 무사는 이건하뿐이었다. 선인은 많이 배출했지만, 영웅이라고 불릴 정도로 활약하기 힘들었기 때문이다.

'이건하가 가주가 되면서 많이 썰려 나가기도 했고.'

반란을 일으킨 신태민, 그리고 그를 따르는 이건하의 반대 편에 들어가 신유민을 지지했던 무사들은 죽거나, 청신을 떠 나 은거했다.

'이번에는 이 전력만 유지해도 큰 도움이 되겠지.'

왕자의 난에서도, 나찰과의 전쟁에서도 말이다.

그렇게 며칠이 지나 준비가 끝나고 출진 날이 다가왔다.

"후우, 긴장되네."

상혁이는 한숨을 내쉬며 말했다.

2학년 때는 실습을 나가더라도 수비대 임무만 해 왔기에 이런 원정은 처음이었다.

"왜? 지금이라도 돌아가고 싶냐?"

"그럴 리가. 넌 가만히 있어. 이번에는 내가 다 할 테니까."

"아이고, 말이라도 고맙다."

"환자가 어딜 나서려고."

상혁이는 너스레를 떨었다.

근데 녀석의 말이 사실이다.

신평에서 무리하게 양기 폭주를 쓴 이후 가만히만 있어도 식은땀이 줄줄 흐르기 시작했다.

'깨지기 일보 직전이라는 소리지.'

최대한 상혁이에게 맡기고 가만히 있자.

상혁이와 할아버지의 실력도 보고 싶으니 말이다.

'그나저나……'

약간은 걱정되는 것도 사실이다.

병력은 고작 300명 정도.

물론 이 중 선인이 20명, 나머지는 상급 무사급이었으나 수천의 마수와 100년도 넘게 산 마물을 상대하러 가는 것치고는 적은 수였다.

믿는 것은 오직 할아버지뿐.

만약 할아버지가 마물을 상대로 고전하면 인명 피해는 어쩔 수 없을 것이다.

'마물은 엄청 강했지.'

중앙 고원의 마물을 만나 본 적은 없지만 다른 마물은 많이 만나 보았다.

100년 넘은 것들은 물론 그중에는 수백 년, 거의 천 년 가까이 산 마신급의 마물도 존재했다.

'인간이 이길 수 있는 상대는 아닌 거 같았는데.'

보기만 했을 뿐, 감히 싸울 엄두조차 내지 못했던 존재들이다.

'그래도 가능하다고 하셨으니 괜찮지 않을까?'

근데 정말로 괜찮을까?

보급도 안 따라오고, 식량이라고는 각자의 말에 달린 3일치가 끝인 거 같고.

도대체 뭔 작전이지?

그때 할아버지가 말을 멈추며 말했다.

"자, 그럼 기본적인 작전을 설명하겠다. 속전속결로 적을 처리하고 다시 청신으로 돌아간다. 마물을 끌어내야 하니 보이는 마수는 다 죽여라. 알겠나?"

"넵!"

무사들은 우렁차게 소리쳤으나 나는 그럴 수가 없었다.

뭐야? 저게 작전이야?

그럼 정말로 이 말에 달린 3일 치 식량이 전부라는 것인가?

그런데 왜 전부 아무 걱정 없이 여유 부리고 있는 건지 모르겠다.

아니, 알 것도 같다.

"원래 이런 식이구나."

할아버지는 원래 이런 식으로 싸워 왔구나.

"자, 그럼 달리자."

할아버지는 속도를 올려 앞으로 달려 나가기 시작했다.

고원의 안쪽으로 진입하자 저 멀리서 마수들이 날아오는 것이 보였다.

하늘을 새까맣게 물들일 만큼 10척(3.3m) 크기의 괴조(怪鳥)들이 몰려오는 광경은 긴장감을 조성하기에 충분했다.

'이래서 중앙 고원이 무섭지.'

중앙 고원의 마수는 대부분 비행체. 그것이 이 중앙 고원을 통과하는 것을 어렵게 만들었다.

어디서 습격이 들어올지 모르고 하늘에서 내리꽂듯 습격

해 오는 마수를 상대한다는 건 경험 많은 무사들에게도 힘든 일이었다.

"전투 준비."

할아버지의 외침과 함께 모두가 검을 빼 들었다.

이윽고 괴조들이 급강하하며 공격해 왔다.

나는 달려드는 괴조의 공격을 겨우 피한 뒤 목을 내려쳤다. 그러나 시차로 들어오는 두 번째 공격에 반응하는 건 쉽지 않았다.

'망할, 정신없네.'

그렇게 생각할 때였다.

"하압!"

어디선가 날아온 상혁이가 괴조의 목을 벤 뒤 나를 돌아봤다.

"이 형님 활약하는 거 보면서 편히 쉬고 있어라."

그렇게 너스레를 떤 녀석은 괴조의 몸을 밟으며 공중을 날아다녔다.

가히 허공답보(虛空踏步)와 같다.

아니, 괴조를 밟고 날아다니는 것이니 허공답보와는 거리가 멀지만 말이다.

'역시 천재.'

물론 노력도 했으나 처음 상대하는 괴조를 상대로 저런 움직임을 보인다는 건 재능이라고밖에는 설명할 수 없었다.

그렇게 상혁이가 나에게 다가오는 마수를 다 처리해 준 덕분에 나는 할아버지의 전투를 여유롭게 관전할 수 있었다.

"저건 뭐…… 학살이네."

할아버지가 애검(愛劍) 혈염산하(血染山河)를 휘두를 때마다 괴조 수십 마리가 분쇄되어 사라졌다.

산과 강을 피로 물들인다.

역시 그 이름에 걸맞은 검이다.

할아버지와 상혁이가 미친 활약을 선보이고 있는 동안 청신의 무사들 또한 각자의 위치에서 단단한 모습을 보여 주었다.

이대로라면 수월하게 중앙 고원을 점령할 수 있다고 생각할 때였다.

전투 중이었음에도 모두가 고개를 돌릴 수밖에 없을 정도로 압도적인 음기가 느껴졌다.

그것은 일반 괴조보다 10배는 더 커 보였고 날개를 펄럭일 때마다 고원의 나뭇잎과 풀이 휘날렸다.

'나타났구나.'

중앙 고원을 지배하는 마물.

천공의 왕.

괴조(怪鳥) 적오(赤烏)였다.

붉은 까마귀라는 뜻의 이름을 가진 만큼 온몸이 붉은색이었으며 정보부의 기록에 따르면 부리와 발톱은 물론 깃털까지 강철보다 단단해 그 어떤 공격도 통하지 않는다고 한다.

'저 적오에 어마어마한 무사들이 죽어 나갔지.'

회귀 전, 중앙 고원으로 패퇴했던 무사들은 모두 행방불명 되었다.

아마도 적오의 먹잇감이 되었을 것이다.

나는 긴장한 얼굴로 할아버지를 바라봤다.

할아버지는 적오의 앞에 서서 흐뭇하게 미소를 짓고 있을 뿐이었다.

"크네, 커."

할아버지의 앞에서 멈춘 적오는 크게 울부짖었고 무사들은 인상을 찌푸렸다.

심장이 터질 것만 같은 압박감이었다.

하지만 할아버지는 그저 묵묵히 자세를 잡았고 적오는 하늘로 치솟은 뒤 할아버지를 향해 돌진했다.

모두가 알고 있다.

적오와 할아버지의 싸움은 단 한 합에 끝나리라는 것을.

그게 일검류였으니 말이다.

이윽고 세상이 느려진 것처럼 적오와 할아버지의 거리가 줄어들기 시작했다.

할아버지는 공격의 때를 기다렸다 하늘을 향해 검을 치켜 올렸다.

일검류(一劍類), 패천검(敗天劍).

내가 사용하는 어쭙잖은 패천검이 아닌, 진짜 하늘을 부수는 패천검이었다.

그리고 그 순간.

적오의 몸이 반으로 갈라지는 것이 생생하게 보였다.

쩌억!

하늘이 깨진다.

내 눈에는 그런 환상이 보였다.

비명도 무엇도 없다.

그저 거대한 무언가가 갈라지는 소리와 함께 적오의 몸이 양옆으로 날아갔다.

그 뒤를 이어 엄청난 굉음이 몰려왔다.

펑!

충격파에 무사들과 마수가 휘청거렸다.

모두가 압도적인 강함에 시선을 빼앗긴 사이 할아버지는 옷매무새를 가다듬으며 말했다.

"현아! 뒷정리하고 보고해라. 아이고, 나이는 먹는 게 아니네."

아무 일 없었다는 듯이 어깨를 두드리는 할아버지.

나는 할아버지를 바라보다 나도 모르게 말했다.

"……저게 뭐야?"

일단 인간은 아닌 거 같다.

사람은 압도적인 공포감과 무력함을 느낄 때, 그 대상에 숭고함을 가진다.

마치 천지를 뒤흔드는 화산 폭발을 보거나 거대한 해일을 볼 때처럼 말이다.

딱 지금의 내가 그랬다.

숭고함이 느껴질 정도의 강함이다.

할아버지가 나의 사람이라 다행이다.

아니었으면 숭고함은커녕 공포에 질려 사방으로 도망치기 바빴을 테니까.

마수들도 나와 같은 생각이었는지 하늘을 날아 도망치기 시작했다.

적오의 제어가 풀렸기 때문일 것이다.

이제 이 고원에 흩어져 있는 마수들을 다 정리해야만 한다.

적어도 걱정할 필요 없을 정도로는 개체 수를 줄여야겠지.

이제 그것도 일이다.

선인, 상급 무사는 많지만 중급, 하급 무사는 거의 없는 청신에게는 힘든 일이었다.

그때 황 노인이 적오의 심장을 적출한 뒤 나에게 가져왔다.

크기가 크기인지라 심장도 내 머리만 했다.

"자, 이것이 마물의 심장입니다. 도련님."

"감사합니다. 황 할아버지. 그런데 이 중앙 고원 관리는 어떻게 하실 생각이십니까? 국왕 전하께서 도와주시는 겁니까?"

"아닙니다. 국왕 전하께서는 아무것도 지원해 주시지 않습니다."

이게 무슨 소리람?

할아버지가 직접 출진 허락을 받으러 가신다 해서 국왕 전하의 지원까지 약속받고 오는 줄 알았는데 말이다.

적오를 죽인 이상 중앙 고원에서 일어나는 모든 일은 우리 청신이 책임져야 한다.

늙었으니 부스럼이 안 나게 해야 할 책임도 있는 것.

내가 생각에 잠겨 있자 황 노인이 말을 이어 갔다.

"총명한 도련님께서 왜 정답을 못 찾으실까요? 왕가가 도와주지 않고, 청신 혼자서도 불가능하다면 우리가 누구에게 도움을 요청할 수 있을까요?"

가만히 생각하던 나는 머릿속에 떠오른 이름을 말했다.

"……신평?"

"이제야 정답을 찾으셨군요."

박진범이 있었다.

신평은 왕가만큼 무사의 수가 많으며 자원도 넉넉하다.

게다가 40명이나 되는 지휘관이 죽어 그 밑 세대를 키우는 것이 중요해진 상황.

중앙 고원의 마수를 토벌하며 젊은 지휘관들의 경험도 쌓을 수 있을 것이기에 그들로서는 거절할 이유가 없다.

"그럼 박 가주님을 만나고 오신 겁니까?"

"네, 서하 도련님을 위한 일이라고 했더니 바로 승낙해 주시더군요."

박진범이라면 당연히 그랬을 것이다.

신평이라면 걱정이 없다.

아니 오히려 좋다.

이 중앙 고원에 신평의 전초 기지가 세워지면 어떤 일이 벌어지든 그들의 지원을 기대할 수 있을 테니 말이다.

"좋네요."

나는 심장을 내려다보았다.

모든 것이 순조롭게 진행되고 있다.

이제 나만 회복하면 된다.

◆ ◈ ◆

수도의 왕궁.

신태민은 정보부가 붙여 놓은 벽보를 보고 그대로 굳었다.

적오(赤烏) 토벌 완료.

신평과 청신이 중앙 고원을 관리하기로 함.

두 문장일 뿐이었으나 신태민의 심장을 떨어트리기에는 충분했다.

"철혈님이 단칼에 베었다더군."

"그러게 말이야. 나도 한 번은 보고 싶네. 철혈님 싸우는 거."

무사들이 지나가며 하는 소리를 들은 신태민은 바로 알현실로 향했다.

마침 국정 회의가 시작되기 직전이었고 신태민은 꾸벅 인사를 한 뒤 자신의 자리로 향했다.

그의 앞에는 신유민이 희미한 미소를 짓고 앉아 있다.

'망할.'

한 방 먹였다고 생각하는 것이겠지.

신태민은 혼자 표정을 굳히며 국왕 전하, 할아버지가 들어오는 것을 기다렸다.

이윽고 신유철이 들어와 용좌에 앉았고 신하들이 모두 고개를 숙였다.

"자, 고개를 들라."

신유철의 말에 한 신하가 앞으로 걸어 나오며 말했다.

"먼저 정기 보고를 올리도록……."

"아니, 그보다 중앙 고원 얘기부터 시작하지."

"네, 전하."

신하가 뒷걸음질로 들어가자 정보부장이 나와 입을 열었다.

"철혈님께서 중앙 고원의 마물 적오를 베었습니다. 청신의 피해는 부상자 열댓 명. 사후 관리는 신평에서 하고 있으며 대대적인 소탕 작업이 진행 중입니다."

"호오, 신평이 말이냐? 조건은 무엇이라고 하더냐?"

"젊은 지휘관들이 경험을 쌓을 수 있게 토벌 작전을 허락해 달라는 것뿐이었습니다."

"그것뿐이냐?"

"네. 전하."

신유철은 의미심장한 미소를 지었다.

"그래, 알았다. 역시 믿는 구석이 있었구먼. 그럼 정기 보고를 시작하라."

그렇게 국정 회의가 끝나고 신태민은 할아버지 신유철을 찾아갔다.

이미 벌어진 일이었으나 물어보고 싶은 것이 많았다.

아니, 정확하게 말하면 따지고 싶은 것이 많았다고 하는 것이 맞다.

"전하. 한 가지 여쭤봐도 되겠습니까?"

"그래, 무엇이 궁금하더냐?"

"철혈님이 단칼에 적오를 베었다고 들었습니다. 그렇게 쉽게 토벌할 수 있었다면 왜 지금까지 방치한 것입니까?"

"네가 공부를 똑바로 안 한 모양이구나. 허남재가 여러 가지로 알려 주고 있을 거라고 생각했는데 말이야."

신태민은 살짝 인상을 찌푸렸다가 바로 표정을 풀었다.

전하 앞에서 감히 성격대로 행동할 수는 없었다.

"부디 가르침을 받고 싶습니다."

"그래, 너도 만일 지배자가 된다면 왕가와 4대 가문의 관계를 잘 알아야 할 테니 말해 주마."

신유철은 적당한 곳에 앉은 뒤 입을 열었다.

"과거 우리 천일 가문과 신평 가문은 사이가 좋지 않았다. 그런 의미에서 중앙 고원은 서로에게 방패 역할이 되어 주었지."

지금이야 신유철의 강력한 영향력 아래에서 모두가 숨을 죽이고 있었으나 원래 4대 가문은 독자적인 국가라고 할 수 있을 정도의 독립성을 가지고 있었다.

"그러니 누구도 토벌하고 싶지 않은 땅이었다. 덕분에 마물만 커 갔지. 내가 왕이 되고 사이가 좋아진 뒤로는 토벌을 생각하기도 했었으나 어느 쪽도 자원을 사용하고 싶어 하지 않았다. 만약 신평이 토벌한다면 신평은 중앙 고원의 소유권을 주장할 것이고, 우리가 토벌하기에는 관리 병력이 부족했으니 말이야."

"신평보다 왕가의 힘이 더 적다는 것입니까?"

"정확히 말하면 신평보다 왕가의 힘이 더 분산되어 있었기 때문이다."

아무리 신평이 넓다 한들 왕국보다 넓을 수는 없다.

왕가의 무사들은 사방에 흩어져 있지만 신평의 무사들은 신평에만 있었으니 힘의 집중도가 달랐다.

같은 양이라면 신평이 훨씬 여유로운 것이 사실이다.

"그렇게 차일피일 토벌을 미뤄 왔지. 굳이 할 이유도 없었고."

"그런데 왜 이번에는 허락하신 겁니까?"

"강진이가 토벌에 성공하면 중앙 고원을 청신에게 주기로 했다. 청신이야 앞으로 100년은 더 우리 편일 테니 문제가 없지. 그런데 거기서 신평이 무상으로 관리를 해 주겠다고 나선 것뿐이야. 대단한 일이지. 그 폐쇄적인 신평이 아무 조건 없이 도와준다니 말이야."

"그럼 토벌이 어려울 것이라는 건……."

"관리가 어렵다는 뜻이었다. 설마 강진이에게 마물 토벌
따위가 어렵겠느냐?"

신태민은 침을 삼켰다.

처음부터 관리만을 생각하고 있던 신유철과 이강진이었다.

적오 따위는 안중에도 없었다.

"뭐, 신평에서 왜 그렇게 청신을 도와주는 건지는 정확히
모르지만 이번에 있던 사냥 대회 사건과 관련이 있는 건 확실
하지."

신태민은 표정을 굳혔다.

박수범을 이용해 신평 내란을 일으킨 장본인으로서 긴장
될 수밖에 없었다.

신유철은 그런 손자를 의미심장하게 바라보다 말했다.

"태민아. 정치는 말이다. 싸워서 적을 죽이는 게 아니라 싸
워서 합치는 것이다. 명심하거라. 싸울 땐 싸우더라도 합쳐
야지 죽이면 안 된다."

"……저도 그렇게 생각합니다."

"그래, 그럼 됐다. 더 궁금한 게 있느냐?"

"없습니다."

신유철은 미소를 짓고는 자리에서 일어났다.

같은 시각.

중앙 고원의 소식은 선생의 귀에도 들어갔다.

전가은의 보고에 언제나 표정 변화 없이 담담하게 소식을 듣던 선생의 표정이 처음으로 굳어졌다.

"중앙 고원을 말입니까?"

"네, 청신이 차지했습니다."

"……막을 수 있는 건 아니었네요."

이제 슬슬 머리가 복잡해진다.

'왕국이 하나로 뭉치고 있다.'

신유철의 임기가 끝나 감에 따라 분열되었어야 하는 왕국이 다시 하나로 뭉치는 기분이었다.

물론 성도와 운성은 아직 신태민의 편이다.

오직 신평만이 신유민의 편을 들 뿐이다.

대외적으로는 바뀐 것이 없으나 각자의 안위만을 생각하던 가문이 한 가지 뜻을 위해 희생하기 시작했다는 것이 중요하다.

'처음은 신평이겠지만 그다음은 누가 될지 모르지.'

만약 계명까지 합류한다면…….

'균형이 무너진다.'

그리고 이서하라면 계명도 자기편으로 만들 것만 같다.

그런 확신이 든다.

'계획을 빨리 진행해야겠네.'

속도를 올리자.

선생은 그렇게 생각을 새롭게 정리하기 시작했다.

◆ ◈ ◆

마물의 심장.

청신으로 돌아와 비밀 수련장에 들어간 나는 적오의 심장을 바라보았다.

'순수한 음기 덩어리.'

나는 심호흡을 하며 마음을 다잡았다.

마물의 심장을 인간이 먹으면 어떤 일이 벌어지는지는 알 수 없다.

이 미친 짓을 시도한 사람은 없었으니 말이다.

'하지만 상식적으로는 알 수 있다.'

순수한 음기 덩어리를 섭취하면 아마 정신이 붕괴할 것이다.

음기 중독 상태처럼 폭주할 수도, 전가은처럼 환상을 보며 괴로워할 수도 있다.

'하지만 버티면 된다. 정신만 차리면 다시 균형을 맞출 수 있으니까.'

난 음기를 양기로 바꿀 수 있기에 제정신만 차리고 있다면 금방 음기 중독에서 벗어날 수 있다.

"후우, 긴장되네."

거대한 심장 전체를 먹을 필요는 없다.

가장 안쪽에 숨겨져 있는 일종의 단전과 같은 곳만 먹어 버리면 끝이다.

조금 징그럽긴 하지만 못 먹을 건 없다.

먹지 않아도 살 수 있는 경지 같은 건 올라가 보지도 못한 탓에 기어 다니는 벌레도 잡아먹어 보았는데.

한입에 넣고 바로 삼켰다.

폭풍전야라고 하던가.

나는 음기가 몸에 퍼지기를 기다렸다.

이윽고 온몸에 기운이 퍼지며 차가운 한기가 느껴졌다.

극한의 양기에 뜨거워졌던 몸이 식어 가는 것이 느껴짐과 동시에 세상이 빙글빙글 돌기 시작한다.

'왔다.'

음기 중독 상태.

순간 환청이 들리기 시작했다.

-이 병신 같은 새끼야!

-네가 사람이야? 네가 사람이냐고!

회귀 전에 들었던 목소리.

함께했던 동료들이 나를 원망하던 소리였다.

'아…….'

그때 그 감정이 그대로 몰려오기 시작했다.

내 실수로 사람들이 죽고, 또 원망받았다.

언제나 미안하다는 말을 달고 살았고 그 와중에도 버러지처럼 생존했다.

살고 싶긴 했으니까.

그렇게 나이가 들어 실력을 쌓고 나서도 나는 어떤 것도 책임지지 못했다.

한참 어린 무사들이 죽어 갈 때도 나는 그저 자기 합리화를 하며 살아남기에 바빴다.

그 사실이, 자괴감이 나를 파괴한다.

-너 같은 게 뭘 할 수 있겠어?

-그냥 하고 싶은 대로 살아. 새로운 삶이잖아.

-너 혼자서는 잘살 수 있어. 모든 것을 이용해.

그럴까?

미래를 알고 있기에 나는 모든 것을 가질 수 있다.

지금까지 잘해 왔잖아.

지금까지 해 온 것처럼 영약을 다 치지하고 모든 보구를 내 것으로 만들며 순진한 사람들을 이용한다면 뭐든 할 수 있다.

……왕이라고 못할까?

'나는…….'

조금만 더 이기적으로 살아도 되지 않을까?

그렇게 생각할 때였다.

언젠가 아린이가 나에게 했던 말이 울려 퍼졌다.

-네가 하고 싶은 일이 옳은 일이야.

그 순간 제정신이 돌아왔다.

현혹되지 말자.

내 행동은 결코 가볍지 않다.

나는, 지금의 나는 누군가의 기준이다.

그 책임감을 잊지 말자.

"후우."

번뜩 정신이 든 나는 천천히 음기를 양기로 바꿔 나가기 시작했다.

환청은 계속해서 들려왔다.

감정이 파도처럼 밀려왔다가 나갔다를 반복했으나 신경 쓰지 않는다.

해안가의 바위처럼.

정신이 깎여 나가더라도 파도에 쓸려 나가지 않으면 될 일이다.

음기와 양기의 균형이 맞춰지며 슬슬 환청이 사라지기 시작했다.

이윽고 나는 눈을 떴다.

물시계가 두 시진이 지났다는 것을 알려 주었고 나는 작게 심호흡했다.

몸이 개운하다.

식은땀도 흐르지 않는다.

전보다 가벼워진 몸.

나는 바로 극양신공을 사용했다.

천우진과 싸웠을 때처럼 최대치를 올렸음에도 그 어떤 고통도 없다.

됐다.

"효과가 좋네."

완벽한 부활이다.

Chapter 37.

Chapter 37.

청신산가(青申山家).

완벽하게 회복된 나는 상혁이와 함께 수련하며 남은 방학
을 보냈다.

"자, 동시에 덤벼 봐라."

"넵!"

할아버지는 왼쪽 팔과 다리로는 나를, 오른쪽 팔과 다리로
는 상혁이를 상대했다.

한쪽은 낙월검법과 일검류, 반대편은 천뢰쌍검을 상대해야
한다는 것을 생각한다면 양 몸이 따로따로 노는 것과 같았다.

대련이 끝나자 할아버지는 바로 조언해 주었다.

"서하는 힘을 조금 더 유연하게 이용할 필요가 있다. 힘을 주어 억지로 검을 멈추는 것보다 자연스럽게 검이 멈추면 그때 움직여도 늦지 않는다. 조급해하지 말아라. 조급하면 효율이 떨어진다."

"네, 할아버지."

"상혁이는 나무랄 곳이 없다. 하지만 전체적으로 수준을 끌어올리는 데 신경 써라. 기술이 아무리 좋아도 너보다 빠르고 강한 이는 이길 수 없는 법이니."

"네. 명심하겠습니다."

상혁이의 문제는 시간이 해결해 줄 것이다.

외공은 물론 내공까지 더 발전된 무공을 익히고 있었으니 그마저도 얼마 걸리지는 않겠지.

'난 영약빨이지만.'

역시 약빨이 최고다.

앞으로 몇 개 더 찾아 먹도록 하자.

할아버지는 미소를 짓고는 말했다.

"그래도 아직은 서하가 더 강하구나. 상혁이가 뛰어넘었다고 생각했었는데. 혹시 적오의 심장 덕분이냐?"

"그런 거 같습니다."

적오의 심장을 먹은 뒤 전보다 몸이 가벼워진 기분이었다.

바람을 타고 날아다니는 느낌이라고 할까?

영약과 같은 효과가 있다고 하더니 그것이 사실인 모양이다.

'나찰이 목숨을 걸어 가며 마물과 싸우던 게 이해가 되네.'

나는 눈을 감고 육감을 사용했다.

생기를 품은 것들은 물론 바람에 휘날리는 모든 것들이 느껴졌다.

적오의 심장을 먹은 뒤 생긴 변화였다.

'뭔가 더 깊은 힘이 있어.'

앞으로의 수련에서는 이 힘의 근원도 알아봐야 할 것만 같다.

"방학도 얼마 남지 않았으니, 남은 기간 동안은 학관으로 돌아갈 채비를 하며 휴식을 취하도록 해라. 수고했다."

수련이 끝나고 며칠 뒤.

수도에 도착한 나와 상혁이는 항상 가던 식당에서 다른 친구들이 오기를 기다렸다.

가장 먼저 도착한 것은 주지율이었다.

"수련은 잘하고 있어?"

"잘은 모르겠고 열심히는 했어."

안부 인사는 그걸로 끝이었다.

언제나 무뚝뚝한 녀석이다.

아마도 집에 가서 하루도 빠짐없이 수련만 했겠지.

그렇게 어색한 침묵이 감돌 때 딱 필요한 인물이 나타났다.

"우와, 일찍 왔네? 나 올 때 중앙 고원 지나왔다? 그거 시체 아직도 있더라. 적오라고 했던가? 엄청나게 크던데. 미친 듯이 크던데? 그거 어떻게 죽인 거야?"

혼자서 열심히 떠드는 박민주였다.

"할아버지한테는 한 방이더라고."

"마물을 한 방에?"

재밌는 이야기가 나오자 주지율도 반응했다.

"응. 일검류잖아. 구룡창법을 익히고 있는 네가 목표해야
할 경지이기도 하고."

구룡창법과 일검류는 닮은 점이 많은 무공이니 말이다.

"마물을 한 방에…… 난 소문이 과장된 줄 알았는데."

쓸데없이 진지해 생각이 많아지는 주지율이었다.

마지막으로 빛 그 자체가 계단을 올라오는 것이 보였다.

유아린.

너무 오랜만에 봐서 그런지 시선을 뗄 수가 없다.

아린이는 그런 나를 보며 미소와 함께 말했다.

"잘 지냈지? 몸은 괜찮고?"

다정한 말에 나는 고개를 끄덕였다.

"응. 잘 지냈지. 몸도 이번에 마물을 사냥하면서……."

"신평에서 있었던 일 들었어."

순간 아린이가 표정을 굳혔다.

아름다운 만큼 더 무서운 표정이었다.

"왜 나한테는 말 안 했어?"

"아이고."

상혁이가 옆에서 슬쩍 일어나며 말했다.

"네 업보다. 애들아, 우리는 가자."

"웅! 나도 가 볼게. 얼른 일어나 주지율."

"왜? 무슨 일인데?"

"우리 셋이 뭐 하기로 했잖아."

"그런 적 없는…….."

"호호호, 기억력이 안 좋네. 안 좋아."

주지율마저 박민주에게 끌려 나가고 나는 아린이를 바라보며 웃었다.

"그게 말이야. 나도 예측을…….."

"그럼 앞으로는 항상 같이 다녀야겠네? 너 가는 곳마다 문제가 터지잖아."

"……죄송합니다."

이럴 때는 변명 없이 고개를 숙이는 게 최고다.

다행히도 아린이의 추궁은 오래가지 않았다

전부 모인 뒤 우리는 다 같이 성무학관으로 향했다.

성무학관 입구는 북적거렸다.

올해의 신입 생도들과 그 가족들이 입학식을 앞두고 인사를 나누고 있었기 때문이다.

나는 어린 친구들을 바라보며 흐뭇하게 미소를 지었다.

'좋을 때다.'

고작 2년밖에 안 지났는데 뭔가 많이 지난 것만 같다.

생각해 보면 성무학관 입학시험부터 힘들었다.

그놈의 강무성 때문에.

그래도 덕분에 강무성과 친해질 수 있었고 지금은 많은 도움을 받고 있었으니 인생사 새옹지마라며 넘어가도록 하자.

나는 앞장서서 걸어가며 말했다.

"실례하겠습니다."

"아……."

한참 입학하는 자녀에게 충고하던 중년의 남성이 불쾌한 표정으로 나를 쳐다보았다.

나름 성무학관에 들어올 정도면 이름 있는 가문의 사람일 테니 길을 비키라는 말에도 기분이 나쁠 수 있겠지.

하지만 내가 누군가.

현재 성무학관의 주인이라고 할 수 있는 3학년, 그것도 성무대전 우승자 아닌가.

나는 남자를 쳐다보고는 미소를 지었다.

그 순간 남자가 놀란 표정을 짓더니 이내 미소를 띠고 말했다.

"혹시 청신의 이서하 도련님 아니십니까?"

"네, 맞습니다."

난 아무렇지 않은 듯 무표정하게 답했다.

하지만 기분은 좋다.

솔직하게 말해 난 아무래도 관심종자인 것만 같다.

회귀 전에는 이상한 쪽으로 관심을 받았지만 말이다.

"영광입니다. 여기 제 여식입니다. 인사하거라. 북대우림 원정의 영웅이자 대성무대전을 우승한 이서하 도련님이시다."

"안녕하세요! 선배님."

"그래, 반갑다."

"부족한 여식이지만 잘 부탁합니다. 도련님."

나에게 뭘 부탁한다는 건지는 모르겠지만 일단 고개를 끄덕이자.

그렇게 내 존재가 퍼지기 시작하자 신입생들의 시선이 나와 친구들에게 몰렸다.

"이서하? 대성무대전 우승한 사람이잖아. 우상검을 이긴 사람 맞지?"

"우와, 근데 저 사람 진짜 예쁘네. 유아린이지? 맞지?"

모두가 힐끗힐끗 바라볼 때 몇몇 여생도들이 움직였다.

아, 이놈의 인기란.

난 살짝 아린이의 눈치를 본 뒤 다가오는 여생도들을 마주할 준비를 했다.

근데 왜 내가 눈치를 보지?

"안녕하세요, 선배님!"

"그래, 그래……."

그렇게 인사를 받아 주려고 할 때 모두 내 옆을 스쳐 지나갔다.

난 머쓱하게 손을 들고 있다가 뒤를 돌아봤다.

상혁이가 어쩔 줄 몰라 하는 얼굴로 뒤통수를 긁적거리고 있다.

"……."

역시 잘생긴 게 최고다.

아버지.

우리 정도면 잘생겼다고 하지 않으셨나요?

어쨌든 난 인사해 오는 신입생들을 뒤로하고 3학년 숙소로 향했다.

그리고 그곳에서는 강무성이 최효정과 함께 서서 우리를 기다리고 있었다.

나는 최효정 선인을 확인하고 강무성에게 물었다.

"효정 선인님은 왜 여기 있는 겁니까?"

"지원했더라. 나랑 같이 3학년을 담당하고 싶다고."

"호오. 고백하신 겁니까?"

"……."

"하긴, 기대도 안 했습니다."

하지만 최효정이 강무성에게 관심이 있는 건 확실해졌으니 이제는 가만히 놔둬도 알아서 잘하겠지.

그렇게 생각하며 멀어질 때 최효정이 나를 끌고 가서 말했다.

"야, 꼬맹이."

"꼬맹이라뇨? 우리 같이 목숨 걸고 싸운 사이 아닙니까. 조금 더 좋은 표현이 있을 텐데요."

"깐깐하기는. 왜 저 찐따는 나한테 고백 안 하는지 알아?"

"……."

"빨리 좀 하라고 부추겨. 답답해 죽겠으니까."

왜 저한테 그러세요?

여기까지 했으면 알아서 해야지.

"에휴, 저 소심한 놈. 사실 저게 좀 마음에 안 들었었거든."

"그런데요?"

"지금은 좀 귀엽기도 한 거 같더라고. 그렇지 않니?"

전혀.

"……뭐, 일단 노력은 해 보겠습니다."

"좋아."

최효정은 엄지를 들어 보인 뒤 다시 미소를 지으며 강무성
에게 돌아갔다.

"서하랑 무슨 얘기를 그렇게 해?"

"아, 저번에 고맙다고. 북대우림에서 고생이 많았잖아."

"……."

여자의 변신은 무죄인가.

그렇게 와자지껄한 개학식이 끝나고 모두 숙소를 배정받
았다.

3학년의 수업 일정은 좀 여유가 있다.

애초에 혼자서 공부, 수련할 수 없는 이들은 3학년이 될 수

없다.

그만큼 능력을 입증해 보인 셈이니 자율성을 보장해 주는 것이다.

나는 다음 계획을 적으며 생각했다.

'원래라면 1년은 쉴 수 있었다.'

이번 연도에는 굵직한 사건이 벌어지지 않는다. 그렇기에 천천히 회복하며 실력을 쌓으려 했으나 급히 계획을 수정해야 할 것만 같다.

이미 신평 내란같이 일어나지 말았어야 할 일이 벌어졌고 앞으로도 이번처럼 예상을 벗어나지 않는다는 보장이 없으니 말이다.

'그래도 회복했으니 대처할 수 있을 거야.'

나는 앞으로 몇 년 후 일어날 사건들을 적어 보았다.

이 모든 사건이 더 빨리 일어날 수 있다.

"방심하지 말자."

방심만 하지 않으면 모든 비극을 막을 수 있으리라.

난 은월단의 계획을 전부 알고 있으니 정신만 똑바로 차리면 모두 방지할 수 있으리라.

"후우. 해 보자."

승리에 도취돼 마음 편하게 있는 건 오늘까지다.

그렇게 본격적으로 새로운 한 해가 시작되었다.

　　　　◆ ◆ ◆

　수도 천일에서 조금 떨어진 한 마을.

　약 200여 명이 사는 산마을에는 수란(繡蘭)이라는 한 여인이 살고 있다.

　마을에서 그녀는 현모양처로 유명했다.

　몇 년째 병에 걸린 남편의 수발을 들고 있었고 그럼에도 불평 한번 없이 헌신하며 긍정적으로 살았다.

　그런 그녀를 예뻐한 마을 사람들은 반찬 하나라도 나눠 주었고 간혹 간병을 도와주기도 했다.

　그렇게 오늘도 바쁜 일과를 끝내고 돌아가는 길.

　저 멀리서 간병을 도와주던 한 아낙네가 손을 흔들며 외쳤다.

　"수란아! 수란아!"

　수란은 살짝 미간을 찌푸렸다.

　"아주머니. 무슨 일 있나요?"

　"손님이 찾아왔어. 얼른 가 봐. 엄청 화려한 여인이던데?"

　수란은 순간 표정을 굳히고 급히 집으로 돌아갔다.

　그렇게 사립문을 열고 들어가는 순간 평상에 앉아 있던 여자가 입을 열었다.

　"오랜만이다. 수란아."

　예담.

암부의 단주.

그녀는 곰방대를 입에서 떼며 수란을 바라보았다.

"단주님. 전 앞으로 단주님을 볼 생각이 없다고 말씀드리지 않았습니까? 그런데도 여기까지 오시다니, 무슨 생각이십니까?"

"걱정하지 마. 네 남편 자고 있으니까. 금방 갈 거야. 나도 바쁘거든."

"……."

수란은 슬쩍 집 안을 살핀 뒤 고개를 끄덕였다.

예담은 곰방대를 털며 입을 열었다.

"사람 하나만 만나 줘."

"……저는 과거를 버렸습니다. 단주님."

"그걸 허락해 준 게 나잖아. 은혜는 갚아야지. 큰 걸 부탁할 생각도 아니야. 한 사람만 만나 주면 돼. 의뢰를 받아들일지 말지는 네가 선택하고."

수란은 아무 말도 할 수 없었다.

암부에 가입하기는 쉽지만 빠져나오는 건 어렵다.

그런데도 수란이 몸 상하지 않고 나올 수 있었던 것은 단주인 예담의 배려가 컸다.

"그런데 왜 저입니까? 암부에 다른 사람도 많지 않습니까?"

"많지. 그런데……."

예담은 쓸쓸하게 웃으며 말했다.

"우진이가 죽었다."

"우진 오라버니가요?"

"응. 죽더라고. 그 인간도. 그래서 우리가 사람이 없다. 우진이가 죽을 정도인데 다른 놈들까지 죽으라고 보낼 수는 없잖아."

"……."

수란은 잠시 생각하다 고개를 끄덕였다.

"알겠습니다. 만나 보기만 하죠."

"그래, 그래. 잘 생각했어. 마침 저기 와 있거든."

그때 사립문 밖에서 한 남자가 걸어 들어왔다.

"반갑습니다. 이주원이라고 합니다."

이주원은 밝은 미소와 함께 말했다.

"왕국에서 사람을 가장 잘 죽이신다고 들었습니다."

수란은 이주원을 가만히 노려보았다.

예전에 한 번은 본 적이 있다.

"홍등가의 주인이 무슨 부탁이 있어 오셨습니까? 꽃이라도 꺾어 드릴까요?"

"제가 설마 그런 걸 부탁하겠습니까? 암살 의뢰입니다. 여러 건이 있는데 일단 쉬운 것부터 해 보죠."

"……."

수란은 예담을 힐끗 보고는 말을 이어 갔다.

"정말로 만나 주기만 하면 되는 겁니까? 단주님."

"그래, 맞아. 만나 주는 것까지가 내 부탁이다."

"그럼 거절하겠습니다."

수란은 지금의 남편을 만나 은퇴하고 평범한 삶을 살고 있었다.

인제 와서 어두웠던 과거로 돌아갈 생각은 없었다.

"제가 그 의뢰비로 뭘 준비해 왔는지 안 들어 보셔도 되겠습니까?"

"억만금을 준다고 해도 저는 하지 않을 생각입니다."

돈은 중요하지 않다.

수란이 정말로 원하는 것은 시간이었다.

남편과 하루라도 더 같이 있는 것.

그것만이 그녀가 바라는 유일한 것이다.

"그럼 이만 돌아가시지요."

"흐음, 아쉽네요. 그래도 한번 들어는 보시죠. 제가 의뢰비로 이걸 가져왔습니다."

이주원은 안주머니에서 상자 하나를 꺼내 흔들었다.

환약이 담긴 작은 나무 상자.

이주원은 상자에서 약 하나를 꺼내 보여 준 뒤 통째로 수란에게 던져 주었다.

"소생단(甦生團)이라고 불리는 겁니다."

"소생단?"

들어 본 적도 없는 약이었다.

이주원은 어깨를 으쓱하며 말했다.

"네, 귀한 것이죠. 죽은 사람도 다시 살릴 수 있을 정도로 좋은 약이라고 합니다. 몸이 편찮은 남편분이 있다고 들어서 딱 알맞은 대가를 가지고 왔죠."

"……그런 편리한 약이 있을 리 없습니다."

"없진 않죠. 매우 드물 뿐. 돈으로도 살 수 없는 물건입니다. 그래도 믿기 힘드실 테니 속는 셈 치고 한번 사용해 보시죠. 대답은 다시 들으러 오겠습니다. 그럼 전 이만."

이주원은 꾸벅 고개를 숙이고는 밖으로 나갔고 예담은 담배를 물었다.

"……저 인간은 뭘 생각을 하는지 모르겠어."

그렇게 중얼거린 예담은 수란을 바라보며 말했다.

"네가 알아서 선택해라. 이제 네가 나한테 진 빚은 없다. 수란아. 그리고 이건 내 성의다. 임무를 맡게 되면 마을 사람들에게 나눠 줘서 네 남편 간병이라도 부탁해라."

예담은 돈 꾸러미를 평상에 놓고 밖으로 나갔다.

"단주님……."

"감동받지 마 이년아. 너 소개비로 나 돈 많이 받았어. 그럼 간다."

예상치 못한 손님들이 사라지고 수란은 부엌으로 돌아갔다.

그녀는 죽을 끓이며 고민했다.

속는 셈 치고 이 약을 사용해 볼까?

'고독(蠱毒) 같은 건 아니다.'

암살자로 평생을 살아오며 온갖 독을 사용해 본 그녀였다.

이 약은 독이 아니다.

그렇다면 사용해 보지 않을 이유도 없지 않을까?

'만약 정말 소생단이라는 것이 실존한다면…….'

그렇다면 둘도 없는 기회였다.

언제까지 사랑하는 이를 침대 위에서 썩게 할 수는 없었다.

만약 남편의 병을 고칠 수 있다면 그 어떤 일이라도 할 수 있는 그녀였다.

'내 욕심인가?'

그렇게 고민하던 중 죽이 완성되었고 수란은 남편에게로 향했다.

침대에 곤히 누워 있는 남편을 바라보던 그녀는 마음을 다 잡고 깨웠다.

"일어나세요. 서방님. 식사하셔야죠."

남자는 눈을 뜨고는 수란을 돌아보며 미소를 지었다.

"벌써 시간이 그렇게 되었습니까? 밖에 손님이 온 것만 같았는데……."

"그냥 지나가던 과객이었습니다."

"그렇습니까?"

수란은 죽을 먹는 남편을 바라보다 애써 입을 열었다.

"의원님께서 새로운 약을 주셨습니다. 한번 드셔 보시는 건 어떻습니까?"

"당연히 먹어 봐야죠."

수란은 조심스럽게 환약을 넘겼고 남편은 바로 입에 넣어 삼켰다.

수란은 걱정스러운 얼굴로 남편을 바라보았다.

효과가 바로 나올 일은 없지만 무언가 바뀌지 않을까 기대하는 것이었다.

남편은 그런 수란에게 가만히 바라보다 말했다.

"미안합니다."

수란은 애써 미소를 짓고는 말했다.

저 미안하다는 소리조차 가슴을 저며 온다.

그렇게 다음 날.

수란은 항상 같은 시간에 일어나 밖으로 나갈 채비를 했다.

밭일은 물론이고 청소와 밥까지 준비하려면 하루하루가 바쁘다.

그렇게 머리를 질끈 묶고 밖으로 나갈 때였다.

마당에서 빗자루질하는 소리가 들려왔다.

급히 밖으로 나간 수란은 자신의 눈을 믿을 수가 없었다.

근 1년간 도와주지 않으면 혼자 걷는 것조차 불가능했던 남편이 마당을 쓸고 있었다.

"서, 서방님!"

"이제 일어났습니까? 몸이 좋아 바람이라도 쐴 겸 오랜만에 마당 청소를 하고 있었습니다. 원래 제 몫이었는데 오랫동안 부인에게 맡겨 놓았네요."

"……."

수란은 자기도 모르게 달려가 남편에게 안겼다.

그렇게 말없이 안고 있던 수란은 감정을 추스르며 말했다.

"아침 식사를 준비하겠습니다. 오랜만에 같이 먹죠."

남편의 미소를 대답으로 들은 수란은 부엌으로 들어갔다. 그렇게 홀로 흘러나오는 눈물을 닦던 그녀는 표정을 굳히며 말했다.

"거기 있지?"

"마음의 결정을 하셨습니까?"

수란은 전가은을 돌아보며 말했다.

"약은 몇 개나 있지?"

"하루 한 개씩. 임무 하나당 10개를 드리겠습니다."

"그래?"

수란은 아궁이에 불을 피우며 말했다.

"그럼 내가 누굴 죽이면 되지?"

이제 하지 못할 일이 없다.

◆ ◈ ◆

성무학관의 일상은 매일이 수련이다.

긴장을 늦추지 않고 매일 정보를 모으며 비대해진 내공에 걸맞은 신체를 만들기에 집중했다.

겨우 회복했는데 또 양기 폭주에 몸이 망가져 버리면 답이 없다.

'마물이 흔한 것도 아니고.'

중앙 고원을 관리하는 것만으로도 힘이 든데 또 마물을 사냥해 달라고 투정 부릴 수는 없는 노릇이니 말이다.

그래서 내가 선택한 것은 약선님이었다.

"외공을 빠르게 키우고 싶다고?"

"네. 인체에 해박하신 우리 약선님이라면 방법을 알고 계실 거라 믿어 의심치 않고 있습니다."

"이놈이 갑자기 무슨 아부를 하는 것이냐?"

"그게, 침 좀 놓아 달라고⋯⋯."

"⋯⋯."

약선님은 까던 잣 하나를 내 이마를 향해 던졌다.

푹! 소리와 함께 잣이 내 이마에 박히는 것이 느껴졌다.

이거 원래 박히는 거였어?

뭐야? 흉기잖아?

"그런 편법을 사용하려 들지 말고 열심히 수련이나 해라. 그게 가장 빠른 방법이다."

"그래도 효율을 극대화하는 방법을 알고 계시지 않습니까?

체질이 변하면 뼈가 빠르게 단단해지고 근육이 더 빠르게 붙는다고 들었습니다."

"방법이야 있지."

나는 빙긋 웃었다.

생사침술에는 이러한 구절이 있다.

- 자신의 몸을 완벽하게 이해하고 사용하는 사람은 존재하지 않는다. 그러나 생사침술을 사용하는 자는 신체 도식을 완벽하게 이해해야만 한다.

물론 나는 아직 그 수준이 되지 못했다.

그러나 침 하나로 사람을 살리고 죽이는 생사침술의 대가가 되면 타인을 반병신으로 만들 수도, 무골(武骨)로 만들 수도 있다.

약선님은 그럴 능력이 있다는 뜻이다.

"하긴, 넌 무골은 아니지. 그냥 평범 그 자체일 뿐."

"만년하수오를 복용했는데도 그런 겁니까?"

"영약이야 내력 쪽에는 효과가 좋지만 외공 쪽에는 큰 효과가 없으니 말이지."

약선님은 나를 돌아보며 말했다.

"좋아. 네놈이 그렇게 원한다면 침을 놔 주마. 천하제일은 못 되더라도 꽤 괜찮은 무골로 환골탈태할 수 있을 것이야."

"오오! 환골탈태까지 가능한 겁니까?"

"말이 그렇다는 거지 그 발끝도 못 미친다. 그래도 없는 것보다는 낫겠지. 그럼 바로 시작해 보자."

"지금 바로요?"

"쇠뿔도 단김에 뽑는다고 하지 않더냐?"

"좋습니다. 뭐, 딱히 할 것도 없고."

"그럼 여기 눕거라."

침대 위에 눕자 약선님이 거대한 장침을 꺼냈다.

장침은 거의 쓸데가 없는 걸로 아는데 말이다.

"그걸 어디에 꽂으시려는 겁니까?"

"용천혈."

"발바닥이요?"

"그래, 괜찮다. 쭉 관통하면 느낌도 없어."

"……내일 다시 오겠습니다."

자리에서 일어나려고 할 때 약선님이 나의 가슴을 지그시 눌렀다.

무슨 노인네가 힘이 얼마나 센지 꿈쩍도 할 수 없다.

그래도 꽤 수련해서 이제 힘으로는 자신 있었는데 말이다.

"가만히 있어라. 잘못 꽂으면 아주 큰일 나요."

"잠깐! 마음의 준비가……."

그 순간 발바닥에 굵은 무언가가 들어왔다.

아, 긴장이 풀린다.

용천혈을 자극하면 초조함이 없어졌지.

근데…….

초조함만 사라지고 아파 죽겠다.

"흐읍."

"자자, 앞으로 112개의 혈만 더 자극하면 된다. 힘내자."

"112개요?"

"용천혈이 그중 가장 안 아프다. 긴장 풀라고 놓는 곳이야. 일종의 마취제 같은 것이지. 괜찮아. 안 죽는다."

"제가 생각이 짧았습니다. 이만 일어나겠습니다."

"아니야, 아니야. 강해져야지. 참아라. 고통 없는 발전은 없나니. 그리고 시작했으면 3달은 해야 하니 매일 오너라."

아…….

인생의 진리를 잊고 있었다.

고통 없는 발전은 없었지. 맞아.

나는 얼른 옆에 있는 헝겊을 입에 물었다.

인생 뭐 있나?

고통 몰아 받고 몰아서 발전하자.

◆ ◈ ◆

시간은 빠르게 흘러갔다.

매일 약선님에게 고통받은 덕분에 수련 속도는 전보다 훨씬 빨라졌다.

근육도 빨리 붙고, 회복력도 빨라지고.

매일 악몽을 꾸는 것만 빼면 아주 행복한 나날을 보내고 있었다.

그리고 오늘도 약선님의 의원에서 침을 맞고 나오는 길이었다.

"아오, 이건 적응이 안 되네."

맞을 때마다 새로운 고통이 느껴진다.

매일 새로워. 짜릿해.

죽고 싶을 정도로.

"그래도 나쁘지는 않지."

아린이 얼굴만 봐도 피로가 전부 풀릴 테니 그런 건 걱정이 없다.

나는 의원에서 나와 먼저 시내로 향했다.

후암의 정보원들을 만남과 동시에 밤참거리라도 사기 위함이었다.

약선님에게 시술받기 시작한 이후로는 더욱 잠을 줄일 수밖에 없었으니 말이다.

축시(오전 1시~3시)가 넘어가면 배가 고픈 걸 어떡하겠는가?

그 시간에는 식당들도 전부 문을 닫으니 미리미리 사 놓자.

나는 만둣집에서 일하는 남자에게 말을 걸었다.

"새로운 소식은 없습니까?"

남자는 살짝 눈치를 보더니 입을 열었다.

"특별한 것은 없습니다."

"알겠습니다. 항상 주던 걸로 주세요."

매일 이렇게 후암에게 주요 정보를 듣고 있었다.

'앞으로 많은 무사가 암살당한다. 그리고 그중에서 가장 안타까운 인물은……'

한 세대를 이끌어 갈 것이라고 기대를 받는 이들이 있었다.

이제 30대 초중반으로 내 사촌 형인 이건하보다 고작 5살 정도 더 많은 무사들.

그들을 가리켜 사람들은 육도(六徒)라고 불렀다.

그런 이들 중 다섯이 암살을 당한다.

그 시발점이 바로 육도의 지도자 격 인물이자 동시대 최고의 재능이라 일컫는 육도검(六徒劍), 이재민의 죽임이었다.

'암살자는 바로 그 사람이었지.'

왕국에서 가장 치명적인 암살자.

금수란(錦繡蘭).

은월단과 나찰을 모두 죽여 버리겠다는 일념 하나로 살다가 결국 전쟁 중 나찰의 손에 죽임을 당한 여인.

'만났을 때는 지릴 뻔했지.'

이미 이성을 잃어 미친 살수가 되어 버린 그녀를 마주했을 때 말 그대로 지려 버리는 줄 알았다.

절대로 지린 건 아니다.

절대로!

당시 하급 무사에 불과했던 내가 목표일 리는 없었으니까.

우연히 만난 금수란은 난 안중에도 없다는 듯 하나의 질문만을 던지고 지나갔다.

"혹시 은월단에 대해서 아는 게 있나?"

너무 강하게 인상에 남았기에 지금도 그녀의 얼굴이 기억난다.

'어쨌든 이번에는 암살을 막아야 한다.'

그렇게 만두를 받아 고개를 돌리는 순간이었다.

눈앞에 한 여인이 들어왔다.

하나로 묶은 머리.

흐릿하면서 깨끗한 분위기. 동안이면서도 세월이 담긴 얼굴. 모순되는 모든 것을 가진 한 여자가 내 앞으로 걸어오고 있었다.

나는 그녀를 가만히 바라볼 수밖에 없었다.

아린이처럼 아름다웠기 때문은 아니다.

금수란(錦繡蘭).

그녀가 왜 지금, 이 시점에 수도에 나타났는가?

금수란은 나를 힐끗 보고는 바로 스쳐 지나갔다.

나는 뒤를 돌아보지 않기 위해 마음을 다잡아야만 했다.

뒤를 돌아보면 의심을 살 테니까.

그렇게 금수란이 멀어질 때까지 기다린 나는 천천히 아랫

도리를 살폈다.

"후우."

이번에는 안 지려서 다행이다.

◆ ◈ ◆

금수란은 떠날 채비를 마친 뒤 마을을 나왔다.

소생단만 있으면 남편 혼자서도 생활할 수 있었고 예담이 준 돈을 마을 사람들에게 나눠 주며 어느 정도 부탁도 해 놓았으니 문제는 없으리라.

'빨리 처리하고 돌아오자.'

목표는 육도검(六徒劍) 이재민.

육도(六徒)라는 이름으로 묶인 신진 고수들. 그중에서 으뜸이라는 자였다.

얼마나 대단한지는 모르겠으나 금수란에게는 상관없는 일이었다.

'어차피 다 같은 한목숨.'

목에 칼이 들어가면 죽는 건 전부 같다.

달이 중천에 뜬 깊은 밤.

수도에 도착한 금수란은 바로 이재민에 대한 조사를 시작했다.

전가은이 기본적인 정보를 제공해 준 덕분에 일이 쉽다.

그렇게 기척을 죽이고 걸어가던 중 금수란은 시선을 느끼고는 고개를 돌렸다.

앳되어 보이는 한 남자가 자신을 빤히 쳐다보고 있었다.

'나를 쳐다본다고?'

금수란은 무표정하게 남자를 힐끗 보고는 스쳐 지나갔다.

'기척을 죽였는데도 나를 의식했다.'

우연일까?

대로에서 마주치는 사람들은 배경과도 같다.

그렇기에 기척을 조금만 죽여도 사람들의 인식에서 사라질 수 있다. 그런데도 저렇게 빤히 쳐다보는 이유는 보통 하나다.

'나를 알고 있다는 건데…….'

사람이 북적거리는 곳에서도 아는 사람은 알아볼 수 있는 법. 하지만 금수란은 이내 고개를 절레절레 흔들었다.

'내가 활동할 때는 10살도 되지 않았을 아이다.'

자신을 알고 있을 리가 없다.

그냥 우연히. 아주 우연히 눈이 마주쳤겠지.

일단은 지나가자.

금수란은 뒤돌아보지 않는 소년을 슬쩍 돌아본 뒤 생각했다.

'하지만…….'

훗날 무슨 일이 있을지 모르니 얼굴은 기억해 둬서 나쁠 건 없다.

금수란은 그렇게 생각하며 이재민의 집으로 향했다.

◆ ◈ ◆

성무학관으로 돌아온 나는 뛰는 가슴을 진정시켰다.

금수란이 움직이기 시작했다.

"그럼 후암이 모를 수밖에."

미친 듯이 초조하다.

회귀 전과 같다면 첫 번째 목표는 아마도 이재민일 것이다.

육도검은 지금 수도에 살고 있으며 임무를 떠난 것도 아니었다.

회귀 전, 금수란의 첫 번째 목표였던 만큼 육도검에 관한 정보는 후암을 이용해 계속해서 받고 있었으니까.

'오늘 당장 암살하려는 것일까?'

그럼 막을 길이 없다.

금수란은 아무런 준비도 없이 막을 수 있는 인물이 아니다. 수십의 호위가 있어도 이재민을 지킬 수 있을지 알 수 없다.

'아니야. 오늘은 아닐 거야.'

금수란은 이제 막 수도에 도착한 차림이었다.

애초에 이재민을 오늘 당장 암살할 생각이었다면 대로를 그렇게 돌아다니고 있지는 않았을 것이다.

'내일 당장 이재민에게 가서 경고해야 한다.'

다행히도 이재민을 만나는 건 그리 어렵지 않다.

청신이라는 이름은 물론 대성무대전의 우승자이자 천우진까지 벤 나를 문전박대할 리는 없으니까.

그래도 정 무시한다면 신유민 저하에게 부탁해 소환할 수도 있을 테니 말이다.

'내일 아침이라도 가 보자.'

이미 죽어 있으면?

그럼 다음 목표부터 보호해야지 어쩌겠는가.

'그래도 천운이다.'

오늘 금수란을 발견하지 못했다면 대비조차 하지 못하고 일이 시작되었을 테니 말이다.

'이것도 앞당겨졌구나.'

억지로라도 마물의 심장을 먹어 회복한 보람이 있다.

"후우, 일단 자자."

제발 내일 이재민이 살아 있기를 기도하며 난 잠시 눈을 붙였다.

다음 날 아침.

난 먼동이 터 올 무렵 바로 이재민의 집으로 향했다.

곡소리가 없는 것을 보면 그래도 지난밤은 잘 넘어간 것만 같다.

난 대문을 두드린 후 대기했다.

아직은 긴장을 풀면 안 된다.

마당에는 시체가 가득했다.

이런 말을 해야 할지도 모르니 말이다.

다행히도 대문 안쪽에서 하인의 목소리가 들렸다.

"누구십니까?"

"청신의 이서하라고 한다. 육도검(六徒劍) 이재민 선인님을 뵈러 왔다. 안에 계시느냐?"

"약속을 잡으셨습니까?"

"아니, 내가 오는 걸 모르고 계실 거다. 하지만 급한 일이라고 전해라."

"잠시만 기다려 주십시오."

하인이 떠나고 얼마 지나지 않아 한 남자가 걸어 나왔다.

훤칠한 키에 자신감이 가득한 얼굴. 딱 봐도 이 남자가 육도검 이재민이라는 확신이 들었다.

"얼굴 한 번 본 적 없는 후배가 이렇게 아침 일찍 내 집에는 무슨 일이지?"

"급한 일이 있어서 왔습니다. 들어가서 얘기해도 되겠습니까?"

아무래도 이렇게 열린 공간은 좀 불안하다.

언제 어디서 암기가 날아와 이재민의 머리에 꽂힐지 모르는 일이다.

"그래, 뭐. 급한 일이라니 일단 들어오너라."

이재민은 안으로 들어가며 입을 열었다.

"그나저나 실례를 무릅쓰고 이런 꼭두새벽에 약속도 없이 온 것을 보면 어지간히 급한 일인가 보지?"

"……."

웃으며 말하고 있지만 약간의 언짢음이 느껴졌다.

그의 말대로 실례가 맞다.

꼭두새벽부터 대문을 두드렸으니 말이다.

내 명성이 아니었다면 문전박대를 당해도 이상하지 않을 일이다.

그러나 급한 일은 맞다.

좀 터무니없을 뿐이지.

그렇게 손님방으로 간 이재민은 약간은 거만하게 앉으며 말했다.

"좀 앞서 나가는 것 같지만 만약 신유민 저하의 힘이 되어 달라는 것이라면 난 중립으로 남아 있고 싶다는 말밖에는……."

"그건 아닙니다."

"응?"

이재민은 고개를 갸웃했다.

"그럼 나와 면식도 없는 네가 이렇게 급히 찾아올 이유가 있나?"

그렇게 생각할 수도 있다.

신유민 저하의 진영에는 실력 있는 무사들이 매우 부족했으니 말이다.

하지만 육도는 그렇게 대놓고 포섭할 수 있는 인물들이 아니다.

회귀 전의 육도는 암살당할 때까지도 중립으로 남아 있었으니 말이다.

나는 잠시 뜸을 들이다 본론으로 들어갔다.

이럴 때는 일단 못부터 박고 시작하는 것이 빠르다.

"암살자가 수도에 들어왔습니다. 목표는 육도검, 선인님입니다."

"……뭐?"

이재민은 퉁명스럽게 반문했다.

저런 반응이 나올 줄은 알고 있었다. 누가 다짜고짜 '너 내일 암살당할 거야.'라고 말하면 그걸 곧이곧대로 믿을 수 있을까?

하지만 그걸 설득하는 게 내 일이다.

"과거 제가 박성진 선인님과 원정을 나갔다가 겨우 생존해 온 걸 아십니까?"

천우진에게 암살, 아니 대놓고 살해당한 내 첫 원정대의 대장님.

"그 얘기는 전해 들어 알고 있다."

"그때 박성진 선인을 죽인 것이 천우진이었습니다."

"……그래서? 그 천우진을 네가 죽였으니 칭찬이라도 해 달라 이 말이냐?"

어떻게 대화가 그쪽으로 가냐?

나는 작게 숨을 내쉬고 말을 이어 갔다.

"아뇨. 제가 말하고 싶은 건 요즘 암부가 많은 선인들을 암살하고 있다는 겁니다."

이재민의 얼굴이 이제야 좀 심각해졌다.

"그것도 중립 선인들로만 말이죠."

"중립 선인?"

"네, 그리고 육도검이신 이재민 선인님도 중립을 유지하고 계시죠."

"……그래서? 네가 말한 암살자가 나를 암살하러 올 것이다?"

"그럴 것입니다."

"어떻게 확신하지?"

"후암의 정보니까요."

"후암이라고 그렇게 자세하게는 알 수 없을 텐데?"

맞다.

후암은 정치적인 정보 부서지 이런 암살 정보까지 전부 알아낼 수 있는 집단은 아니다.

그래도 그냥 좀 들어라.

살려 주려는데 괜히 의심만 많아서는.

내가 답답함에 눈을 감자 이재민이 말을 이어 갔다.

"나를 포섭하기 위한 자작극일 경우도 있겠지."

"……하아."

나는 크게 한숨을 쉬고 자리에서 일어났다.

저놈이 대놓고 나를 신유민 저하의 밀사로 의심하고 있었다.

애초에 마음을 닫은 인물과는 대화가 힘들다.

이럴 때는 선을 그어 줄 필요가 있다.

원래 아쉬운 쪽이 우물을 파는 법이니까.

"저는 해 드릴 말을 다 한 거 같으니 일어나 보겠습니다. 선인님의 목숨이야 선인님의 것이니 가져다 버린다 하더라도 제가 할 말은 없죠. 그럼 실례했습니다."

이재민이 표정을 굳혔으나 나는 바로 몸을 돌려 밖으로 향했다.

그리고는 지금 생각났다는 듯 한마디를 흘렸다.

"아! 이번에 오는 암살자는 금수란이라는 여인입니다. 지금까지 한 번도 임무에 실패한 적이 없는 자라고 하더군요. 여성을 조심하십시오."

협박할 생각은 아니었다.

이재민이 금수란이라는 이름을 알고 있을 리 없으니까.

그런데도 그녀의 이름을 말한 것은 내가 더 많은 정보를 알려 줄 수 있음을 넌지시 보여 준 것이다.

이제 아쉬우면 이재민이 나를 불러 세울 것이다.

"그럼 전 이만."

난 문을 열고 느릿느릿 밖으로 나갔다.

불러라. 불러라. 불러라.

그렇게 문밖으로 내 양발이 다 나가는 순간이었다.

"금수란. 그게 암살자의 이름인가?"

됐다.

역시 아쉬운 쪽이 우물을 판다.

자칫 잘못하면 내가 굽히고 들어갈 뻔했지만 배짱 싸움에서 이겼다.

"……어떤 자지?"

나는 다시 방으로 들어가 앉으며 말했다.

"암살의 대가입니다. 암살 부문에 있어서는 왕국 최고라고 할 수 있죠. 들어가지 못하는 곳이 없고, 죽이지 못하는 자가 없습니다. 목격자만 없으면 암살이라고 말하며 힘으로 찍어 누르는 천우진과는 차원이 다른 실력자입니다."

천우진과 금수란이 평지에서 서로 마주 보고 싸운다면 열 번 싸워 열 번 다 천우진이 이길 것이다.

그러나 만약 금수란이 천우진을 암살하려고 한다면 천우진은 속수무책으로 목숨을 잃을 것이다.

금수란은 그 정도다.

알고 미리 대비하지 않으면 그 누구도 그녀의 손에서 살아남을 수 없을 것이다.

아, 한 명 빼고.

'할아버지 정도만이 금수란에게서 살아남을 수 있겠지.'

하지만 그건 어디까지나 그녀가 암살하러 온다는 걸 모를 때의 이야기다.

대비한다면 못 막을 것도 없다.

애초에 암살이란 그런 것이니까.

"먼저 호위 병력을 배치하고 금수란의 암살을 대비해야 합니다."

내 작전은 이러하다.

일단 금수란이 이재민을 암살할 수 없게 호위 병력을 배치한다.

물론 호위 무사들이 금수란을 잡아낼 수 있을 거라고는 생각하지 않는다.

하지만 호위 무사들이 고기 방패라도 되어 준다면 쉽게 이재민을 암살할 수 없을 것이다.

"그렇게 금수란이 암살을 하지 못하고 시간이 끌리면 후암을 이용해 찾아내고, 추포할 수 있을 겁니다."

이재민은 진지한 얼굴로 내 작전을 듣다 고개를 끄덕였다.

"만약 암살이 오지 않으면?"

"그럼 다행이죠. 금수란이 오면 호위가 얼마나 죽을지 모르니까요."

"……."

이재민은 팔짱을 끼고는 고민에 빠졌다.

아마 암살이 안 오면 웃음거리가 될까 봐 고민하는 것일 것이다.

선인들은 이래서 안 된다.

자기가 죽게 생겼는데 체면이나 생각하고 있으니 말이다.

"선인님. 죽으면 끝입니다. 제 말대로 해 주시고 만약 아무일 없다면 저에게 화를 내며 속았다고 욕하셔도 좋습니다."

"그래, 그렇게까지 말하면 안 할 이유도 없지."

후우, 드디어 됐다.

그래도 이재민의 마음을 열었으니 반은 성공한 셈이다. 호위 병력만 배치하더라도 암살이라는 특성상 쉽게 이재민에게 접근하지 못할 테니 말이다.

'나도 이재민을 지킬 것이니 막을 수 있을 거다.'

금수란이 변장을 하고 들어오려고 하더라도 얼굴을 아는 내가 있다면 어느 정도 대응할 수 있을 것이다.

"호위 병력은 내 부하들로 하지. 믿을 수 있는 애들이니 내부의 적은 걱정할 필요 없다."

"저도 같이 서겠습니다."

"너도?"

이재민은 피식 웃고는 고개를 끄덕였다.

"진짜 암살이 오긴 오는구나?"

"그럼 제가 거짓말을 하는 줄 아셨습니까?"

"지금도 반반이라고 생각한다. 그리고 사실 네 힘까지도 필요 없다."

이재민은 자리에서 일어나더니 허리춤에 있던 검을 뽑았다.

딱 봐도 장인이 만든 것 같은 명검이 반짝하고 빛났다.

관리가 얼마나 잘되어 있는지 내 얼굴까지 비춰 보일 정도다.

그는 천 하나를 공중에 던진 뒤 천천히 검을 내리다 단숨에 속도를 올렸다.

그러자 천이 깔끔하게 반으로 잘려 나갔다.

나는 의기양양하게 내려다보는 이재민을 보며 생각했다.

'어쩌라는 거지?'

뭐 대단한 걸 했다고 저러는 건지 모르겠다.

내 생각을 아는지 모르는지 이재민은 미소를 지으며 말했다.

"모르고 당하는 것이 아니라면 그 어떤 암살자든 내가 베어 넘기면 될 일이니 말이야."

"아…….."

나는 가만히 생각하다 고개를 끄덕였다.

무슨 말이라도 해 줘야겠다.

"가위로 자르는 게 더 편하셨을 텐데."

"응?"

"아닙니다. 엄청나군요. 우와!"

아차, 말실수.

그냥 빨리 박수라도 치자.

그리고는 재빨리 말을 돌렸다.

"그럼 전 신유민 저하와 얘기해 최대한 많은 수의 후암을 주변에 배치하도록 하겠습니다."

"그래, 부탁하지."

그렇게 금수란의 암살을 대비한 작전이 시작되었다.

호위대 편성은 이재민이 스스로 했다.

"호위 병력은 최대한 실력 있는 이들로 해야 합니다. 어중간한 무사들로는 희생양만 만들게 될 뿐입니다."

"안다. 그래서 다들 중급 무사 이상으로 배치하고 있다."

"중급으로는……."

"그냥 중급이 아니야. 나와 함께 동고동락하며 실력을 쌓은 아이들이다. 모두 자기 등급보다 실력이 위이니 걱정할 것 없다."

아니, 상급 무사들도 개죽음뿐일 텐데 중급 무사라니.

하지만 이재민은 자신의 부대에 자부심을 가지고 있었기에 나는 솔직하게 말할 수 없었다.

대놓고 당신 부하들로는 안 되니 다른 이들을 포섭해 오라고 하는 건 싸우자는 것과 다름없다.

나는 걱정하듯 넌지시 물었다.

"그래도 선인급이 몇 명 있으면 좋을 거 같습니다. 백의선인이라도 없습니까?"

"있지. 저기 셋 있지 않으냐?"

홍의선인인 그는 백의선인 셋을 부하로 두고 있었다.

내가 말한 건 최소 10명 이상이었는데 말이다.

"그래도 이 저택을 다 둘러싸기 위해서는 10명은 필요하지 않을까 생각됩니다만……."

한 번 더 조언하자 이재민은 한숨과 함께 머리를 쓸어 올렸다.

"하아, 그래, 네 말대로 엄청난 암살자가 오고 있다면 뭐든 안전한 게 좋지. 이해는 해. 하지만 내 체면은 어떻게 되겠느냐? 출처도 정확하지 않은 너의 말을 듣고 부랴부랴 호위를 모집하는 겁쟁이가 되겠지. 그나마 암살자가 나타난다면 괜찮겠지만 혹시라도 나타나지 않으면 난 오랫동안 겁쟁이라 조롱받으며 살아야 할 거다. 사실 이것도 굉장히 소란 떠는 편이야. 그러나 신유민 전하의 심복인 너이기에 한 번 속아 주는 것뿐이지. 여기서 더 많은 걸 요구하지 마라."

속아 주는 것이라니.

누군 당신을 살리려고 이렇게 열심인데 말이다.

하지만 이재민의 말에도 일리는 있다. 대부분의 선인들은 목숨보다 체면을 더 중요시했으니 말이다. 다른 선인들의 힘을 빌려서까지 호위대를 꾸리는 건 부담스러울 수밖에.

그래도 호위의 수는 나쁘지 않다.

이재민의 부하들은 그를 위해 목숨을 걸 준비가 되어 있었고 휴가 중임에도 흔쾌히 호위를 섰다.

좀 거만하고 재수 없는 인물이지만 부하들의 평은 매우 좋았다. 만약 그가 정말 실력도 없이 자만심만 가득한 인물이었다면 육도검이라는 칭호가 붙을 리 없으니 말이다.

'그래도 저택을 전부 호위할 정도의 인원은 된다.'

아무리 금수란이라도 이 정도 인원을 뚫고 들어와 이재민을 암살하기란 쉽지 않을 것이다.

"아, 그리고 이건 금수란의 초상화입니다. 분명 분장하고 나타날 테니 큰 의미는 없겠지만 혹시 모르니 하나 만들어 보았습니다."

"흐음."

이재민은 금수란의 얼굴을 보고는 미소를 지었다.

"살수치고는 꽤 예쁘네. 그냥 죽이기에는 아까울 거 같은데?"

"……농담이라도 그런 말 하지 마십시오."

그런 어쭙잖은 생각으로 상대할 수 있는 자가 아니다.

"하하하, 왜 그렇게 진지해? 너도 좀 쉬고 와라. 설마 대낮에 쳐들어오겠어?"

그건 모르는 일이지.

하지만 확률적으로 지금이 가장 안전한 순간이니 장기전을 대비한 준비를 하려면 지금뿐이다.

"준비해서 다시 찾아뵙겠습니다."

"그래, 천천히 와라. 그사이에 우리가 금수란을 잡아 놓을 수도 있으니까."

난 의기양양하게 웃는 이재민을 뒤로하고 저택 밖으로 나왔다.

그때였다.

"너 여기서 뭐 하냐?"

상혁이가 기다리고 있었다는 듯 물었다.

나는 바로 주변을 돌아봤다.

다행히도 아린이는 없다.

"뭐야? 그러는 넌 여기서 뭐 해?"

"오늘 새벽에 너 달려 나가는 거 봤다. 수련 중이었거든. 수업도 안 나오길래 물어물어 여기까지 왔지."

"여태까지 날 미행한 거야?"

"물론."

"아린이는? 아린이도 알아?"

"아니, 아린이한테는 그냥 내가 찾아온다고 하고 왔어. 왜? 아린이는 알면 안 돼?"

"응. 안 되는 일이야."

아린이의 힘은 위험하다.

아린이가 폭주하는 것도 폭주하는 것이지만 나찰의 힘이기 때문이다.

그녀가 나찰이라는 사실을 받아들일 수 있는 사람은 그리 많지 않을 것이다.

'신태민이 알면 이를 이용하려 들겠지.'

신태민이 여론 몰이를 시작하면 최악의 경우 아린이를 추방해야 한다는 말이 나올지도 모른다.

'엄밀히 말하면 언제 폭주할지 모르는 최강의 나찰이 옆에 있는 거니까.'

그렇게 되면 난 그녀를 보호할 수 있을까?

확신이 서지 않는다.

그러니 아린이에게는 이런 공개적인 일에 힘을 빌려 달라고 할 수 없다.

'북대우림이 천운이었지.'

그래도 아린이의 힘을 본 것이 강무성과 최효정뿐이었으니 말이다.

"아직 다른 사람들에게 아린이의 힘을 보여 줄 수는 없어."

"뭔가 일이 있긴 있구나?"

"너도 그냥 모르는 척하고 아린이한테 잘 설명해 줘. 말을 맞추면 더 좋겠네."

"그래야지. 너랑 나랑만 일하려면 아린이부터 잘 속여야겠네."

"너랑 나랑?"

상혁이는 빙긋 웃으며 가슴을 쳤다.

"그래, 너랑 나랑. 이제 이 형님한테 고민을 털어놓거라. 동생. 형이 못 도와주는 일은 없다고."

내가 너보다 더 살아도 몇 년을 더 살았는데 형이라니.

어린 것이. 쯧.

그것도 그렇지만 상혁이를 이 일에 참여시킬 생각은 없다.

금수란 앞에서는 나도 내 목숨을 장담 못 하는데 말이다.

금수란이 싸우는 걸 직접 본 적은 없으나 이 세계에 내로라
하는 고수들이 당한 것을 보면 절대 쉽게 생각할 수는 없다.

'아마도 엄청난 무공의 소유자겠지.'

아직 미완의 상혁이를 금수란의 제물로 삼을 수는 없다.

난 정색하며 말했다.

"안 돼. 네가 어떻게 할 수 없는……."

"할 거야."

내가 말을 끝내기도 전에 상혁이가 더 진지한 얼굴로 말
했다.

잘생긴 놈이 정색까지 하니까 분위기에 압도된다.

"꼭 할 거다. 내가 위험하면 너도 위험한 거니까. 위험은
나누면 반이 된다고 하잖아."

"그런 말이 어딨어?"

"어쨌든 할 거야. 아니면 아린이한테 말해서 셋이 가고."

"……좋아. 같이 잘해 보자."

즉답할 수밖에 없다.

저 녀석, 내 약점을 너무 잘 안다.

"그래서 우리가 해야 할 일이 뭔데?"

"육도검을 지키는 거야."

"육도검? 우리가 지킬 필요 있어?"

"한 명이라도 더 옆에서 지켜야지."

나는 상혁이한테 경고하듯 말했다.

"왕국 최악의 암살자를 상대할 거야. 긴장 제대로 해라."

"오오."

상혁이는 감탄하며 내 뒤를 따라왔다.

"드디어 내 실력을 제대로 보여 줄 때인가?"

저 자식, 아무래도 긴장 하나도 안 한 거 같다.

Chapter 38.

강무성에게 며칠간 수업에 빠져야 할 거 같다고 말한 나는
다시 이재민의 집으로 향했다.

저택의 앞에는 자기 짐만 챙긴 상혁이가 먼저 도착해 있었다.

"아린이는 잘 이해시키고 왔어?"

"아무 말 안 하던데?"

아린이는 생각보다 순순히 나를 보내 주었다.

하지만 그녀가 한 말이 걸린다.

'내가 없어야 한다면 없는 게 맞겠지.'

뭔가 상처 준 거 같아 약간의 죄책감이 생기지만 그래도 어
쩔 수 없다.

'신유민 저하의 영향력이 커지면 아린이도 자유롭게 힘을 사용할 수 있겠지.'

물론 그렇다고 금수란 같은 왕국 최고의 위험인물과 싸워달라고 할 생각은 없지만 말이다.

"일단 인사부터 가자."

난 상혁이를 이재민에게 데려가 인사시켰다.

"대단한 암살자라고 하더니 친구도 데려왔네?"

"대성무대전 준우승자입니다."

"그거 나도 우승했었어. 거의 15년 전인가? 이제?"

"아, 그건 저도 우승했었습니다."

이재민과 그의 옆에 있던 백의선인이 웃었다.

나름 선인들 중에는 잘나가지 않았던 이들이 없다는 것이겠지.

그나저나 이놈들도 긴장감은 없다.

'금수란이 아직은 안 유명하니까. 어쩔 수 없지.'

대중들에게까지 그녀가 유명해지는 것은 육도검을 비롯한 수많은 고수를 대놓고 죽이며 시작되었으니 말이다.

"어쨌든 부탁하지."

나와 상혁이는 이재민에게 고개를 숙이고 자리로 향했다.

뒤에서 이재민이 웃으며 말하는 소리가 들려왔다.

"수업 빼고 좋겠네. 성무학관 수업이 재미없긴 하지. 하하하."

착각은 자유니 넘어가도록 하자.

나는 상혁이와 함께 대로가 훤히 보이는 곳으로 갔다.

자신의 얼굴이 알려져 있다는 것을 모르는 금수란이 대놓고 염탐해 올 가능성이 있었기 때문이다.

'암살자들은 확실하게 정보를 수집한 뒤 움직이니까.'

아마 금수란도 그럴 것이다.

그녀의 초상화를 모두가 보았으나 나만큼 확실하게 기억하는 사람은 없을 테니 직접 대로를 내다보며 그녀가 지나가나 확인할 생각이었다.

그렇게 시간은 빠르게 지나 해가 넘어갔다.

밤이 되자 긴장감은 더욱 올라갔다.

다행히도 달이 밝아 행인들의 얼굴도 훤히 다 보일 정도였다.

상혁이는 좀이 쑤신 듯 기지개를 켜며 말했다.

"아무 일도 없네."

"그게 좋은 거지. 일단 오늘은 넘어갈 거 같네."

아무리 금수란이라도 이렇게 많은 호위가 배치될 줄은 몰랐을 것이다.

'마치 계획을 아는 것처럼 말이야.'

꽤 신중해지겠지.

그때 상혁이가 말했다.

"잠시 난 뒷간 좀 갔다 오마. 온종일 긴장하고 있었더니 속이 아주……."

"그래, 빨리 와라."

상혁이가 저택 안으로 들어가고 난 잠시 금수란에 대해 떠올렸다.

'중립 무사들을 죽인다는 것은 아마 은월단과 관계가 있을 텐데.'

그런데 왜 회귀 전의 금수란은 은월단을 찾아 죽이려 했던 것인가?

'사이가 중간에 틀어지나?'

의문이다.

이번 일을 잘 넘긴다면 그쪽도 알아봐야 할 것만 같다.

그나저나…….

"이 자식, 똥통에 빠졌나? 왜 안 와?"

나는 상혁이가 어디쯤에 있나 육감을 발동했다.

육감에는 걸리는 것이 없다.

움직임이 하나도 없는 걸 보면 아직도 화장실에 앉아서…….

"응?"

움직임이 없다고?

나는 저택 대문을 열고 안쪽을 바라봤다.

한쪽 구석에서 무사들이 모닥불을 피운 채 담소를 나누고 있는 것이 보였다.

앉아 있어서 움직임이 없었나?

순찰을 하면 필연적으로 누군가는 움직여야 하는데 말이다.

갑자기 소름 돋는 위화감이 나를 덮쳐 왔다.

대문을 비우는 건 조금 마음에 걸리지만 아주 잠시만 안으로 들어가 보자.

"실례하겠습니다."

난 모닥불에 옹기종기 모인 무사들에게로 향했다.

쥐 죽은 듯 조용하다.

타닥타닥.

모닥불 타는 소리가 들릴 정도로 가깝게 다가간 나는 발걸음을 멈췄다.

"……."

모두가 고개를 숙이고 있다.

"……저기 실례하겠습니다."

나도 모르게 손이 떨리기 시작했다.

제발 내 예상이 틀리길 바라며 나는 앉아 있는 무사의 어깨에 손을 가져다 댔다.

반응이 없다.

이윽고 약간 힘을 주자 무사의 몸이 옆으로 넘어갔다.

털썩.

공허한 소리와 함께 무사의 초점 없는 눈과 마주했다.

나는 천천히 고개를 돌려 다른 무사들을 바라봤다.

모두의 몸이 얇은 실로 묶여 위태롭게 고정되어 있다.

타닥타닥.

모닥불 타는 소리만 들려온다.

소름 돋는 침묵에 나는 고개를 들어 다른 무사들을 찾아보았다.

당장 눈에 보이는 것은 저 멀리 기둥에 서 있는 한 무사였다.

나는 조심스럽게 그 무사에게로 다가갔다.

"······."

아무런 말도 나오지 않는다.

작은 단검이 무사를 기둥에 고정해 놓았다.

멀리서 보았을 때 기둥에 기대어 있는 것처럼 보이도록 말이다.

천우진 때와는 다른 공포가 내 목덜미에 스며든다.

도대체 언제?

이미 끝났나?

이재민은? 상혁이는? 다른 무사들은?

우선순위를 빠르게 정해야 한다.

'일단은······.'

이재민이다.

상혁이는 목표가 아니니 눈에 띄지 않았다면 살아 있을 것이다.

"……금수란."

최악의 암살자가 지금 이 저택 안에 있다.

보통 암살이라고 한다면 쥐도 새도 모르게 목표를 죽이는 것을 뜻한다.

그렇기에 왕국 최강, 최악의 암살자라고 불렸던 금수란 또한 이와 같은 전통적인 암살 방식을 사용하리라 예상했다.

하지만 내 예상이 틀렸다.

'이건 무슨 천우진이랑 다를 게 없잖아.'

목격자만 없으면 암살이라던 천우진과 다를 것이 없다.

유일한 차이점이라면 한쪽은 소란스럽고 한쪽은 소름 돋을 정도로 조용하다는 것뿐.

'그런데 도대체 왜 육감에는 걸리지 않는 거지?'

만약 금수란이 무사들을 죽이고 다녔다면 내 육감에 걸렸어야 정상이 아닌가?

아니, 생각이 짧았다.

최강의 암살자라면 내 육감에도 걸리지 않을 정도의 은신술을 사용할 터.

애초에 육감에 의지한 것부터가 문제였다.

나는 서둘러 이재민이 있는 방으로 향했다.

다행히도 안에서는 움직임이 느껴졌다.

나는 방문을 열며 외쳤다.

"무사하십니까?"

"뭐야? 그렇게 급하게."

이재민은 밖에서 무슨 일이 일어났는지도 모르고 자신의 부장과 함께 차를 마시고 있었다.

여기는 괜찮은가?

하지만 난 내 생각이 틀렸다는 것을 바로 깨달았다.

내가 허겁지겁 달려왔음에도 문 앞을 지키고 있던 무사는 미동조차 하지 않았다.

워낙 급하게 들어와 흠칫 놀라는 움직임이라도 보였어야 하는데 말이다.

나는 이재민에게 대답도 하지 않고 방 밖으로 나가 호위 무사를 살폈다.

문 앞을 지키고 있는 무사는 반듯하게 서서 앞만 바라볼 뿐이다.

이재민은 심각하게 나를 쳐다보며 말했다.

"도대체 무슨 일이냐고 물었다."

"……."

나는 무사에게 다가가 그의 어깨를 툭 밀었다.

약하게 고정되어 있던 것들이 풀어지며 무사의 몸이 힘없이 쓰러졌다.

"이런 씨……."

다른 쪽은 확인할 필요도 없다.

넷 다 죽은 것이 분명하다.

이재민은 부하가 쓰러지는 것을 보고는 벌떡 일어나 나의 뒤로 왔다.

"뭐야? 설마 죽은 것이냐?"

"당장 여기서 나가야 합니다."

보이지 않는 적을 상대한다는 것은 전쟁터에서는 느껴 볼 수 없는 그런 유형의 공포다.

적어도 전쟁터에서는 적이 눈에 보이기라도 하지 않은가.

아무리 강하더라도 검을 휘두를 수는 있고, 도망을 칠 수도 있다.

그러나 금수란은 다르다.

보이지 않는 무언가가 나의 목숨을 노리고 있다는 것은 상상 이상으로 사람을 초조하게 만들고 있었다.

'괜찮아. 이런 경험이 없는 건 아니야.'

은신술을 극한으로 익힌 나찰이 없었던 것도 아니다.

냉정함을 유지하고 똑바로 차리면 살아남을 수 있을…….

"도대체 언제……. 다른 애들은? 다른 애들은 무사한가? 빨리 말을 해 보아라! 다른 무사들은……!"

나만 냉정함을 찾는다고 되는 게 아닌 것만 같다.

나는 이재민이 정신을 차릴 수 있도록 단호한 어조로 말했다.

"다 죽었습니다."

"……!"

이재민은 믿을 수 없다는 듯 멍하니 나를 바라봤다.

"그, 그, 무슨 말도 안 되는!"

"정신 차리십시오. 이대로 가면 개죽음입니다."

흥분한 상태로는 금수란의 먹잇감밖에 되지 않는다.

나는 급하게 말을 이어 갔다.

"일단 밖으로 나가셔야 합니다. 이 안은 위험해요."

"밖이 더 위험하지 않겠느냐?"

"아뇨. 달이 밝습니다. 차라리 시야가 뻥 뚫린 곳으로 나가
적의 공격을 대비하는 것이 더 나을 겁니다."

지금 있는 방은 시야의 사각(死角)이 너무나도 많다.

거치적거리는 것도 많아 기습을 피하기에 용이한 곳은 아
니다. 차라리 아무것도 없는 마당이 낫다.

"어서요!"

나는 머뭇거리는 이재민을 향해 소리쳤다.

자신만만하던 이재민은 이제야 상황의 심각성을 깨닫고는
고개를 끄덕이며 내 말에 따랐다.

나는 이재민과 함께 있던 선인을 바라보며 물었다.

"그쪽은……?"

"김 선인이라고 불러라."

"그래요, 김 선인님은 왼편을 경계해 주세요. 제가 오른편
을 경계하겠습니다."

"알았다."

나는 이재민을 끌고 밖으로 나왔다.

수많은 호위가 떠들던 저택은 쥐 죽은 듯 조용했다.

"그, 그래도 누군가는 살아 있는 듯하구나."

난 이재민의 말에 고개를 돌렸다.

저 멀리 살아 있는 듯 우두커니 서 있는 무사들의 모습이 보였다.

정확한 간격으로 서 있는 무사들의 모습은 소름이 돋을 지경이었다.

"……다 죽은 겁니다. 고정되어 있을 뿐이에요."

전부 죽어 벽에 박혀 있는 것이다.

"뭐? 죽은 자가 저렇게 서 있을 수 있다고?"

"아까 방을 호위하던 자들도 서 있지 않았습니까?"

"……!"

"제가 뭐라고 했습니까? 왕국 최악의 암살자라 하지 않았습니까? 지금이라도 정신 차리고 긴장하십시오."

"……그래."

이재민은 그래도 어느 정도 평정심을 되찾고 주변을 살폈다.

많이 당황했겠지만 그래도 금세 평정심을 되찾는 걸 보면 육도 중 최고라는 말이 허언은 아닌 듯싶었다.

나는 바로 극양신공을 발동했다.

평범한 상태의 육감으로 금수란을 잡을 수 없다면 극양신공으로 나의 모든 감각을 끌어올려야 한다.

그런데 그 순간이었다.

"아!"

김 선인이 눈을 부릅뜨고는 앞으로 고꾸라졌다.

그런 그의 목에 작은 침이 하나 꽂혀 있다.

이렇게 빨리 기습해 올 줄은 상상도 못 했다.

그래도 덕분에 그녀가 있는 방향은 알았다.

"저쪽……!"

이라고 말하려는 찰나, 날카로워진 내 육감이 뒤쪽에서 날아오는 단검을 포착했다.

'방향이 틀렸다고?'

그래도 극양신공으로 신체 능력을 끌어올린 덕분에 반응할 수 있다.

나는 몸을 돌려 단검을 쳐 내며 생각했다.

'천리사궁과 같은 원리인가?'

천리사궁처럼 자신이 던진 단검이나 침을 마음대로 조종할 수 있다면 방향을 속이는 것쯤은 쉽다.

그렇다면 이 단검이 날아온 방향에도 금수란이 없을 가능성이 크다.

목표는 이재민이니까.

아니나 다를까.

단검을 쳐 냄과 동시에 이재민에게 무언가 날아드는 것이 느껴졌다.

"으윽!"

철컹! 하는 소리와 함께 이재민의 목에 사슬낫이 감겼고 나름 발버둥을 쳐 봤지만 힘에 못 이겨 끌려가기 시작했다.

"으아아아아악! 으아아악!"

사색이 되어 비명을 지르는 이재민.

'망할, 진짜!'

나는 사슬낫을 끊기 위해 달렸으나 그러는 와중에도 단검은 계속해서 날아왔다.

동시에 두 가지를 할 수는 없다.

'피하고 사슬을 끊어? 아니, 피할 수 없다.'

쳐 내야 한다.

하지만 순간 판단력이 흐트러진 탓에 반응이 늦었다.

이제 쳐 낼 수도 없다.

'망할……!'

그래도 급소만 어떻게 피하면……!

그렇게 생각할 때였다.

"뭐 해?!"

상혁이의 현철쌍검 중 하나가 날아와 단검을 쳐 냈다. 그리고는 내 앞에 서서 날아오는 단검을 모두 쳐 내기 시작했다.

"도대체 무슨 일이 벌어지고 있는 거야?"

"설명은 나중에. 앞으로."

상혁이가 앞으로 나아가며 단검을 쳐 내 준 덕분에 나는 이재민을 따라잡을 수 있었다.

"흐읍!"

한 번에 끊어야 한다.

나는 양기를 담아 천광을 불태운 뒤 있는 힘껏 사슬을 내려쳤다.

깡! 하는 소리와 함께 사슬이 끊어졌고 이재민은 거친 숨을 내쉬며 자세를 잡았다.

"하아, 하아, 하아."

사슬이 철컹거리는 소리를 내며 어둠 속으로 사라졌고, 사위는 금세 고요해졌다.

이재민의 거친 숨소리만이 들렸고 여전히 내 육감에는 그어떤 생명체도 잡히지 않는다.

하지만 긴장을 늦출 수는 없다.

언제 다시 공격이 들어올지 모르니까.

그렇게 한참 어둠 속만 바라보던 중 난 내 옆으로 오는 상혁이에게 말했다.

"근데 넌 단검을 어떻게 본 거냐? 육감으로도 느끼기 힘들던데."

"그냥 감으로."

미친 재능.

어쨌든 덕분에 살았다.

그렇게 한참.

평생 이렇게 버티고 있을 수는 없는 노릇인 만큼 조금 무리를 해서라도 금수란을 포착해야만 했다.

나는 극양신공을 최대치로 올렸다.

천우진과 싸웠던 그 수준으로 극양신공을 끌어올린 나는 육감을 최대한 넓게, 그리고 조밀하게 펼쳤다.

그리고 그 순간.

금수란으로 추정되는 인물이 잡혔고 이내 사라졌다.

그녀는 확실히 저택에서 멀어지고 있다.

끝났다. 일단은.

나는 그렇게 판단하고 양기를 전부 버리고 정상 상태로 돌아왔다. 각성한 탓인지, 긴장한 탓인지 심장이 미친 듯이 뛰고 있었다.

나는 이재민에게 말했다.

"이번에는 물러간 거 같습니다."

"사실이냐?"

"네, 방금 사라지는 것을 확인했습니다."

항상 근거를 찾던 이재민이었으나 이번에는 내 말을 그냥 믿고 검을 놓았다.

이제 보니 이재민의 손이 사시나무처럼 떨리고 있다.

"하아, 그렇단 말이지."

다리에 힘이 풀린 이재민은 주저앉아 멍하니 주변을 돌아보았다.

하루아침에 부대원 모두를 잃은 그는 망연자실하게 고개

를 돌리다 한숨을 내쉬었다.

이제야 현실감이 돌아오고 있었다.

그는 주먹으로 땅을 내려치다가 얼굴을 가리고 흐느꼈다.

살아남았다는 안도감과 부하들을 향한 죄책감이 몰려오는 것이었다.

나는 그런 이재민을 가만히 내려 보았다.

거만할 정도로 자신이 이룩한 것에 큰 자부심이 있던 남자는 오늘 죽었다.

'새사람이 될지 폐인이 될지는 모르지.'

이재민이 무너질지, 다시 회복해 전보다 높은 경지에 올라갈지는 지켜보면 알 수 있을 것이다.

나는 이재민의 옆에 같이 주저앉아 달을 올려 보았다.

'하아, 진짜.'

이 짓을 두 번은 못 할 것만 같다.

금수란은 이재민의 저택에서 빠져나와 인적이 없는 곳에서 무기들을 정리했다.

전가은은 그런 금수란을 멀리서 지켜보았다.

'귀신인가?'

금수란은 온종일 호위의 동선을 파악하다 행동을 개시했다.

신중하게 첫 대상을 암살하고 살아 있는 것처럼 위장한 뒤로 그녀는 단 한 번도 멈추지 않았다.

일방적인 살육.

그러나 비명 한 번 들리지 않았고 모두가 평온하게 살아 있는 것처럼 위장되었다.

'저게 왕국 최악의 암살자.'

절대로 적으로 만들고 싶지 않은 인물이었다.

그때 끊어진 사슬낫을 무표정하게 보던 금수란이 허공에 대고 말했다.

"정보가 샜다. 어디서 샜지?"

"그건 알 수 없습니다."

전가은은 모습을 드러냈다.

금수란은 전가은을 힐끗 보고는 끊어진 사슬낫을 건네며 말했다.

"이재민의 옆에 있던 놈. 한 번 나와 마주친 적이 있는 놈이었는데. 이름이 뭐지?"

"청신의 이서하라고 합니다."

"이서하?"

"천우진을 벤 남자입니다."

"……!"

천우진이 죽었다는 것을 아는 금수란은 정색했다.

'저놈이었구나.'

어쩐지.

마지막에 보인 기운이 심상치 않았다.

금수란은 작게 숨을 내쉰 뒤 말했다.

"그런데 혹시 그 소년이 나를 알고 있는 것이냐? 한 번 마주친 적이 있는데 빤히 쳐다보더군."

"그럴 확률도 높습니다. 아니, 알고 있을 겁니다."

"나를 알 방법이 없을 텐데? 어떻게 확신하지?"

"그건 저희도 찾는 중입니다. 그 아이의 정보가 어디서 나오는 것인지."

전가은은 아직 이서하의 정보 제공자를 알지 못했다.

매일 틈만 나면 옆에서 그를 지켜보고 있었음에도 특별히 접촉하는 인물은 없었다.

하지만 이서하는 많은 것을 알고 있었고 이번 금수란의 암살 시도 또한 사전에 눈치채고 준비했다.

"가서 이주원한테 말해. 이렇게 정보가 새면 일 못 한다고 말이야."

"그냥 죽이는 방법도 있지 않습니까?"

"그래, 그럴 수도 있지."

이재민뿐이었다면 그냥 모습을 드러내 죽일 수도 있었다.

하지만 이서하는 달랐다.

마지막에 보여 준 그 기운은 한순간이나마 천우진과 엇비슷했다.

'그런 것과 싸울 수는 없지.'

금수란의 무공, 적무상귀공(寂無常鬼功).

고요한 사신(死神)이라는 뜻을 가진 무공이었다.

이 적무상귀공의 가장 큰 강점은 무공의 강함보다 정신적인 부분에 있다.

적무상귀공을 배운 이들은 오직 은신과 암살을 배운다.

이들에게 있어 무공은 싸우기 위한 것이 아니라 일방적 학살을 위한 것. 절대로 상대와 검을 맞대는 경우가 없다.

"저 이서하도 훗날 목표가 될 예정인가?"

"아직은 예정에 없습니다."

"아직은이라는 소리는 언젠가 죽여야 한다는 소리네."

금수란은 옷을 갈아입고 삿갓을 쓰며 말했다.

"그럼 어쩔 수 없는 상황에는 죽여도 되겠군."

전가은은 표정을 굳혔다.

왜 이서하가 죽는다는데 마음이 내려앉았을까?

"난 서방님 좀 보고 오지. 어차피 지금 당장은 이재민을 죽이기 어려울 테니까."

"그러시죠."

전가은은 멀어지는 금수란을 바라보며 생각했다.

저런 사람과 결혼한 남자가 어떤 존재인지 궁금해지기 시작했다.

이재민은 후암의 은신처로 들어갔다.

절대로 도망치지 않겠다던 그는 모든 것을 잃은 뒤에야 순순히 나의 조언에 따랐다.

나와 상혁이는 성무학관으로 돌아왔다.

방금 죽다 살아 나왔다는 것이 실감이 나질 않는다.

나는 잠이 오지 않아 책상에 앉아 금수란의 이름을 적었다.

'금수란(錦繡蘭).'

결국 은월단의 적이 되는 여자.

이 여자를 끝까지 적으로 둘 수는 없다.

'은월단이 무언가 그녀에게 잘못하고 있는 것이 있을 것이다.'

그걸 찾아야 한다.

'그럼 내가 뭔가를 도울 수 있겠지. 그렇게 금수란을…….'

내 편으로 만들어야겠다.

'해 보자.'

이 망할 경험을 두 번 다시 하지 않으려면 해내야만 한다.

화창한 날씨.

금수란은 수도에서 다과를 사 마을로 향했다.

걱정 반, 기대 반.

남편이 다시 침대에 누워 있을까 걱정이 되었으나 또 한편으로는 남편이 일어나 뛰어놀고 있지 않을까 하는 기대도 가지고 있었다.

뭐든 도착하면 알게 될 것이다.

이윽고 저 멀리 마을이 보이기 시작했고 금수란은 속도를 올렸다.

그리고 민가가 보이기 시작할 때 즈음 무슨 소리가 들려왔다.

"꺄악! 도망가자!"

안에서 아이들이 놀라 외치는 소리.

금수란은 표정을 굳히고 소리가 들린 방향으로 향했다.

암살 임무를 나가 있는 동안 무슨 일이라도 벌어진 것일까?

그렇게 비명이 들린 곳에 도착한 금수란은 자기도 모르게 헛웃음을 지었다.

아이들이 지푸라기를 뒤집어쓴 무언가에게서 도망치고 있었다.

"괴물아! 죽어라!"

"크앙! 크앙!"

금수란은 옅은 미소로 괴물을 바라보았다.

아이들과 신나게 뛰어놀던 괴물은 그녀의 남편, 김윤수였다.

"오, 부인."

김윤수는 금수란을 발견하고는 지푸라기를 벗어 던졌다.

아직도 아픈 사람처럼 창백한 얼굴.

그러나 남편이 아이들과 뛰어놀고 있다는 것만으로도 금수란은 감동해 눈물을 글썽거리며 말했다.

"몸은 좀 어떠십니까? 괜찮으십니까?"

"보다시피 이렇게 팔팔하오. 일은 잘 마치고 왔습니까?"

"네, 약방에서 다과도 챙겨 주었습니다."

금수란은 환약을 받는 대신 근처 약방에서 일하고 있다고 거짓말했다.

"일이 금방 끝났나 봅니다. 생각보다 일찍 오셨군요."

"바쁠 때만 도와주면 되는 일입니다."

"그럼 또 언제 가시오?"

"한 열흘 정도 뒤에……."

"그럼 매일 같이 놀러 갈 수 있겠네요."

김윤수는 빙긋 미소를 지었다.

두 사람이 서로를 가만히 바라보고 있을 때 아이들이 김윤수의 팔을 끌었다.

"아저씨, 아저씨. 우리 물놀이도 하러 가요!"

"그래, 그러자꾸나."

"저는 저녁밥을 준비하겠습니다. 속은……."

"이제 고기도 뜯어 먹을 수 있습니다."

"그럼 많이 준비해야겠네요. 너무 무리하지는 마세요."

금수란이 집으로 향하고 김윤수는 아내를 바라보다 아이

들을 따라 마을 개천가로 향했다.

그렇게 아이들의 뒤를 따르던 그는 갑작스럽게 나오는 기침에 헝겊을 꺼내 입을 막았다.

"콜록! 콜록!"

거친 기침 후에 헝겊을 본 김윤수는 표정을 굳혔다.

속에서부터 올라온 피와 찌꺼기가 헝겊에 가득하다.

"하아."

알고 있다.

이 약이 자신을 죽여 가고 있다는 것을.

건강함을 주고 시간을 뺏어 가고 있다는 것을.

하지만…….

"계속 고생시킬 수는 없지."

김윤수는 그렇게 중얼거리며 헝겊을 주머니에 넣었다.

침대에서 아무것도 못 하고 누워 있어야 하는 시간은 반쪽짜리이기에.

김윤수는 하루라도 온전한 삶을 살고 싶었다.

'많이 놀러 다니자.'

아내가 추억으로도 살 수 있을 정도로.

그렇게 많이 놀러 다니고 싶다.

"그런데 그 약은 뭐냐? 병자가 벌떡 일어났다던데."

이주원은 선생과 술을 나눠 마셨다.

정확히 말해 선생은 차를, 이주원은 독주를 마시고 있는 셈이었지만 말이다.

"소생단(甦生團) 말입니까?"

"응. 그게 진짜 그 정도로 엄청난 약인 건가?"

"그럴 리가 있습니까?"

선생은 작게 한숨을 내쉬었다.

"김윤수에게 준 것은 진통제이며, 각성제입니다."

"진통제?"

"통증을 막아 주는 약입니다. 고통이 느껴지지 않으니 아픈 줄 모르고 돌아다닐 수 있죠. 그리고 각성제. 이서하가 사용하는 극양신공과 같습니다."

"수명을 담보로 건강함을 얻는 건가?"

"쉽게 설명하면 그런 셈이죠."

선생은 잠시 말을 멈추었다.

헛된 희망을 준다는 점에서 윤리적으로는 나쁜 행동임에 틀림없다.

하지만 김윤수는 감사해하고 있을 것이다.

선생이 아는 김윤수는 그런 사람이다.

"금수란에게는 너무 많은 임무를 주지 마세요. 소생단이 필요해질 때 그녀가 먼저 접근해 올 것입니다."

"그러다 남편이 죽어 버리면?"

"김윤수는 의지가 강한 사람입니다. 오래 버틸 겁니다."

"아는 사람처럼 말하는데?"

"조금은 알고 있습니다."

그렇게 유명하지는 않아도 아는 사람은 다 알던 고수였으니 말이다.

"그래, 뭐 마지막으로 둘이 추억이나 많이 쌓을 수 있게 해 주지."

이주원은 고개를 끄덕인 뒤 문득 떠오른 생각에 고개를 갸웃했다.

"그나저나 만약 그 남편이 죽으면 속은 걸 안 금수란의 검이 우리에게로 향할 텐데? 그거에 대해 대비는 했나?"

"해 놓았습니다만……."

선생은 지금까지 있었던 일을 생각했다.

모든 것이 뜻대로 되지 않았다.

최악은 면했지만, 계획대로 진행된 것이 그 무엇 하나 없다.

"세상일이 뜻대로 되지 않는 것이 많지 않습니까?"

"하긴 그렇지."

"어차피 금수란이 우리와 적이 되더라도 육도와 많은 선인이 죽은 이후일 것이고 그녀는 이주원 방주님만 노리겠죠."

금수란이 아는 은월단은 이주원뿐이니 말이다.

"하, 나만 죽으라고? 가은이한테 들은 금수란의 실력은 귀신과 같다던데."

"아뇨, 한 사람만 지키면 된다는 소리를 한 것입니다."

그리고 그때 방문을 열고 한 남자가 들어와 앉았다.

"오늘부터 방주님의 호위입니다."

"안녕, 인간."

이주원은 옆에 앉은 남자를 바라봤다.

백발, 이마에 수도 없이 난 뿔.

나찰.

그리고 이주원은 이 나찰을 알고 있었다.

"오, 이거 영광인데?"

그리고는 고개를 꾸벅 숙였다.

"우리 은월단 최강 전력이 내 호위를 맡아 주다니 말입니다."

"임시야. 임시. 그 암살자가 정말로 네 목을 노리는 날이
오면 그때는 그 암살자만 죽이고 난 또 놀러 갈 거니까 그렇
게 좋아하지 말라고."

은월단 최고 전력.

백야차(白夜叉)였다.

◆ ◈ ◆

해가 떠오른다.

'잠은 다 잤네.'

그래도 덕분에 모든 상황을 정리한 뒤 앞으로의 계획을 만들 수 있었다.

금수란의 암살에는 일정한 규칙이 존재했다.

암살 이후 다음 암살까지 약 10일 정도의 공백이 존재한다는 것이다.

'이번에는 실패했으니 좀 짧을 수도 있지만.'

만약 회귀 전처럼 공백 기간을 가진다면 10일간 금수란을 찾고, 그녀와 은월단의 관계를 알아볼 수 있는 셈이다.

'빠르게 움직이자.'

일단은 금수란에 관한 정보를 모아야 한다.

그녀의 얼굴을 알고 있으니 찾는 건 그렇게까지 어렵지 않을 것이었다.

'당장 문지기들에게만 물어봐도 기억하는 사람이 있겠지.'

금수란은 철저히 일반인처럼 움직이고 있을 터.

자시(오후 11시)부터 묘시(오전 5시)까지는 통금 시간이니 묘시가 넘어서야 수도를 떠났을 것이다.

문지기에게 초상화를 보여 준다면 아마도 알아볼 터.

이런 여자는 본 적 없다고 말한다면 그때는 수도를 샅샅이 뒤시면 될 일이다.

'바로 움직이자.'

시간이 지나면 지날수록 사람들의 기억은 왜곡되기 마련이다. 빠르게 움직여야만 그나마 금수란의 뒤를 잡을 수 있으리라.

나는 뒷마당에서 전가은이 오기를 기다렸다. 그녀는 항상 이 시간쯤에 출근하듯 왔고 오늘도 그러했다.

"전가은 씨."

"부르셨습니까?"

"금수란을 찾아야겠습니다. 혹시 이재민의 저택에서 빠져나가는 그녀를 보셨습니까?"

"……아뇨, 아무것도 보지 못했습니다."

"그렇군요."

후암이라면 발견할 수 있었을 것으로 생각했는데 말이다.

워낙 실체 없는 귀신 같은 여자였으니 그럴 수 있다고 생각했다.

"그럼 금수란을 찾아 주세요. 초상화를 가지고 문지기에게 탐문한다면 그녀가 이 도시에서 나갔는지 아닌지를 알 수 있을 겁니다."

"성벽을 넘었을 가능성도 있지 않습니까?"

"수배범도 아니고, 그녀의 얼굴을 아는 사람이 있는 것도 아닌데 그런 번거로운 방법을 쓸 필요는 없겠죠."

금수란은 무명(武名)일 가능성이 크다.

그냥 신분증만 보여 주면 지나갈 수 있는 대문을 놔두고 위험하게 성벽을 넘었을 리가 없다.

"……바로 알아보겠습니다."

"부탁합니다."

전가은이 사라지고 나는 나갈 채비를 했다.

'전가은의 부하들로는 부족하다.'

속전속결로 일을 끝내야 한다.

'은월단이 나를 암살해 달라고 할 수도 있다.'

그럼 살아남을 수 있을까?

아무리 육감이 있다고 한들 극양신공을 항시 유지하지 않는 한 꼼짝없이 당할 것이다.

'그러기 전에 내 편으로 만들어야 해.'

난 성무학관을 나와 유현성이 있는 정보부로 향했다.

약속을 잡지 않았음에도 유현성은 다른 일을 미루고 나를 반겨 주었다.

"어서 오너라. 우리 사위."

"……후암을 최대한 많이 빌리고 싶습니다."

"물론 해 줘야지. 우리 사위 부탁인데. 누굴 찾는 거지?"

"금수란입니다."

"그 암살자 말이냐? 찾아서 없애 버리려고?"

"아뇨, 제 사람으로 만들 생각입니다."

"그게 가능한가?"

"가능한지 아닌지 이제 알아볼 생각입니다."

유현성이 미간을 찌푸리다 고개를 끄덕였다.

"뭐, 너도 다 생각이 있겠지. 알았다. 그럼 후암 5개 조를 빌려주마. 그게 수도에 있는 전부다."

5개 조, 수도에 있는 후암의 모든 전력을 빌려준 것이다.

말로만 사위, 사위 하는 게 아니라 진짜로 사위 대접을 해주는구나.

이건 좀 부담스러운데.

하지만 부담스럽다고 거절할 생각도 없다.

"감사합니다."

나는 바로 화가들에게 돈을 주고 금수란의 초상화를 복사해 후암에게 건넸다.

각 조당 초상화를 3개씩 가지고 탐문을 시작했고 금세 금수란의 행방이 좁혀지기 시작했다.

-금수란은 남문으로 나간 것으로 추정.

-마차를 이용하지 않았으며, 짐은 거의 없었다고 함. 이를 토대로 수도 근처의 마을임을 알 수 있음.

-남쪽의 도보로 최대 이틀 걸리는 거리의 마을을 전부 탐문.

-금수란으로 추정되는 사람을 남악의 서쪽 한 마을에서 발견.

-당부대로 마을 내부까지 조사를 진행하지 않음.

이 모든 보고가 삼 일 만에 이루어진 일이었다.

"확실히 후암이 좋네."

금수란이 마을에서 어떤 모습으로 살고 있는지는 알 수 없지만 그건 내가 미리 당부해 두었기 때문이다.

'조금만 다가가도 눈치챌 테니까.'

현재 위치 정도만 알아내는 것으로 만족해야 희생자가 나오지 않는다.

'가 보자.'

위협감을 주지 않기 위해 나는 홀로 금수란을 만나러 향했다.

이미 은월단이 나를 암살해 달라는 의뢰를 했을 수도 있지만 그래도 크게 위험하지는 않을 것이다.

'저런 마을에서 산다는 건 신분 세탁을 했다는 소리도 된다.'

적어도 마을 안에서는 공격해 오지 않겠지.

그렇게 후암이 찾아 준 마을에 도착한 나는 조심스럽게 안으로 들어갔다.

이윽고 저 멀리 환하게 웃으며 산책하는 금수란이 보였다.

아, 미친 듯이 긴장된다.

왜 저 여자만 보면 오금이 저린지 모르겠다.

나는 심호흡을 한 뒤 금수란에게 다가가기 시작했고 금수란은 공포스러울 정도로 정색하며 나를 바라봤다.

눈이 마주쳤다.

엄마, 나 어떡해? 누구라도 데리고 올걸.

금수란은 옆에 있는 남자에게 살짝 고개를 숙인 뒤 나에게로 걸어왔다.

긴장하지 말자.

당당하게, 당당하게 말하자.

금수란은 나의 앞까지 와서 말했다.

"너 뭐야? 죽어 달라고 왔어?"

"아뇨, 살려 주세요."

아씨, 개찌질하게 대답해 버렸다.

나는 고개를 절레절레 흔든 뒤 대답을 바꾸었다.

"금수란 씨를 만나러 왔습니다."

"나를 어떻게 알지? 여긴 어떻게 알고 왔지? 너 말고 누가
내 존재를 알지?"

"아······."

질문이 쏟아지자 다시 뇌가 멈추는 느낌이다.

생각보다 금수란은 적대적으로 나왔고 일단 경계심을 푸
는 게 먼저인 것만 같았다.

그때 금수란과 함께 있었던 남자가 다가오며 말했다.

"아는 사람입니까?"

나는 남자를 돌아봤다.

핏기가 없는 창백한 얼굴. 동공에는 실핏줄이 올라와 있고
입술은 파랗고 젊은 나이임에도 흰머리가 보인다.

그 외에도 수많은 징후가 나에게 말해 주고 있었다.

이 남자는 죽어 가고 있다는 것을.

금수란은 남자가 나타나자 말투를 바꾸며 말했다.

"네, 이번에 약방에서 본 사람입니다. 그런데 여기는 어떻게 알고 찾아오셨습니까?"

바뀐 그녀의 말투만으로도 알 수 있었다.

이 남자가 금수란의 약점이구나.

여기까지 알아냈다면 주도권은 나에게 있다.

나는 바로 금수란을 잡고 작게 말했다.

"어떻게 송장이 걸어 다니는 겁니까?"

"뭐? 네가 뭘 안다고……."

"약선님을 만나게 해 드리겠습니다."

"약선(藥仙)님을?"

금수란의 눈이 커졌다.

나는 그런 그녀에게 고개를 끄덕여 주며 말을 더했다.

"제가 약선님의 유일한 제자거든요."

은월단에게는 미안하지만 그 어떤 패를 가지고 오든 내 제안을 이길 수는 없으리라.

잠시 대화가 끊어지고 금수란이 노려보고 있다.

나는 나도 모르게 떨리는 손을 털어 진정시켰다.

대화의 주도권은 가져왔다. 이제 좀 당당하게 나가도 될 것이다.

"약선님을 모셔 오면 믿으시겠습니까?"

"모셔 오겠다고?"

어떻게든 부탁해서 약선님을 데리고 와야 한다.

빠르게 달린다면 하루 만에 왕복도 가능한 거리였으니 불가능한 일도 아니다.

사실, 금수란의 남편을 수도로 데리고 가는 것이 더 빠르겠지만 저 산송장 같은 모습으로 수도까지 갈 수 있을까에 대해 의문이 든다.

"……."

금수란은 남편의 눈치를 보고는 나에게 속삭였다.

"나한테 그렇게까지 잘해 주면까지 얻으려는 것이 뭐지?"

나에게 있어 금수란은 적이었고, 그건 금수란도 마찬가지였다.

바로 며칠 전만 하더라도 서로 죽고, 죽이려던 내가 호의를 베푸는 것이니 뭔가 의도가 있다고 느낄 수밖에.

그리고 사실 그게 맞다. 난 금수란을 내 편으로 만들어 힘을 키울 생각이었으니까.

"지금의 의뢰인을 배신하고 제 편이 되어 주었으면 합니다."

"네 편?"

"네, 정확히 말해 신유민 저하의 심복이 되어 달라는 겁니다."

"……암살자가 왕가의 부하가 되라고?"

"안 됩니까? 그럼 뭐 없었던 일로……."

"아니, 아니. 그렇게 하지. 그런데 정말로 약선님을 뵐 수 있는 거겠지?"

역시 아쉬운 쪽이 질 수밖에 없다.

나는 고개를 끄덕였다.

"내일 꼭 데리고 오겠습니다."

"좋아. 그래. 알았어. 만약 못 데리고 오면 그때는……."

"그때는 그때 가서 얘기하시지요."

무슨 수를 써서라도 모셔 올 생각이니 걱정할 것은 없다. 막말로 제자 죽는다고 엄살이라도 부리면 안 오시겠는가? 하나뿐인 제자인데…….

잠깐, 뭔가 안 오실 수도 있다는 생각이 들기 시작했다.

나는 불안한 생각을 지운 뒤 활짝 웃으며 말했다.

"그럼 내일 뵙겠습니다."

나는 마을을 떠나며 생각에 잠겼다.

생각해 보니 그냥 투정 부린다고 데리고 올 수 있는 분이 아니다.

'수도에 계셔야만 하는 이유가 있으시니 그걸 해결해야 하는데.'

약선님이 수도에서 웬만하면 한 발짝도 움직이지 않는 이유.

그것은 바로 신유철 국왕 전하 때문이었다.

고령, 거기에 지병까지 가지고 있는 국왕 전하에게 위급한 상황이 생길 때를 대비해서 왕궁 근처에 있는 성무학관 의원에 박혀 움직이지 않으시는 것이다.

'답답하다고 궁에서는 나오셨지만…….'

항상 궁 근처에서 대기하고 있어야만 한다.

'완고하서서 하루만 비워 달라는 것도 거절하실 거다.'

그런 약선님을 움직이는 데 필요한 것은 무엇일까?

깊게 생각할 것도 없다.

'바로 국왕 전하의 허락이겠지.'

나는 의원으로 향하다 발걸음을 돌려 왕궁으로 향했다. 국왕 전하와는 면담 약속을 잡는 것조차 힘들지만 난 그와 가장 친한 인물과 아무 때나 만날 수 있다.

바로 신유민.

난 신유민 저하에게 부탁해 국왕 전하에게 말을 전할 수 있었다.

내용은 간단했다.

약선님을 딱 하루만 빌리겠다는 것.

그렇게 초조하게 기다리고 있자 신유민 저하가 돌아왔다.

"어떻게 되었습니까?"

"웃으면서 마음껏 빌리라고 하시더구나."

이래서 인맥이 넓을수록 좋다.

국왕 전하의 친서를 확보한 나는 가벼운 발걸음으로 약선님에게 향했다.

"약선님. 부탁이 있습니다."

"갑자기 찾아와서 무슨 소리냐?"

"왕복 하루 정도 걸리는 마을에 병자가 있습니다. 같이 가서 봐주시면 감사하겠습니다."

"하아, 제자야. 내가 여기에 왜 틀어박혀 있는지는 생각해 보았느냐?"

"네, 그래서 국왕 전하의 친서를 가져왔습니다."

약선님은 어리둥절한 얼굴로 국왕 전하의 친서를 받았다.

안에는 이렇게 적혀 있었다.

-나 아직 정정해. 하루 다녀와라.

"……행동이 참 빠르구나?"

"누구 제자인데 당연히 그래야죠."

이렇게 되면 안 가 볼 수도 없다.

다른 누구도 아닌 국왕 전하가 직접 다녀오라고 명령한 셈 이니 말이다.

"아이고, 그래. 하루 정도 걸린다고? 천천히 다녀오면 되 겠네."

"아, 달려서 하루입니다. 아직 무릎은 괜찮으시죠?"

"……이 우라질 놈의 자식이. 내 나이에 그 먼 거리를 경공 술을 펼쳐 가란 말이냐?"

"에이, 약초 따러 가실 때는 산신령처럼 날아다니시면서."

"앞장이나 서거라. 가면서 네가 본 것을 설명하고."

"네!"

역시 국왕 전하의 친서.

생각보다 쉽게 약선님을 설득할 수 있었다.

나는 앞장서서 달리며 환자의 상태를 설명했다.

"생기가 전혀 없습니다. 하지만 그런데도 평범한 사람처럼 돌아다니고 정상적인 생활이 가능해 보였습니다. 그게 가능합니까?"

"어느 정도 생기가 없었는데? 아예 없더냐?"

"죽은 사람과 같았습니다. 아니, 정확히 말하면 죽은 지 한 3일은 된 사람 같았습니다."

"……그럼 정상적인 방법으로 활동하는 건 아니겠구나."

그렇게 마을에 도착하자 금수란이 마중을 나왔다.

"정말로 약선님이십니까?"

믿을 수 없는 광경에 금수란은 당황해하며 나를 돌아봤다. 나는 어깨를 으쓱해 줄 뿐이었다. 눈앞에 있는 노인이 약선이라는 것은 금수란도 기운으로 알 수 있을 것이다.

"가짜는 아니니 걱정하지 말거라. 뭣하면 시험이라도 해 볼 테냐?"

"아닙니다. 죄송합니다."

금수란마저 당황하게 만드는 저 기운.

약선님 옆에 있으니 부모님이라도 데리고 온 꼬마처럼 나도 당당해진다.

"환자는 어디 있지?"

"이쪽입니다."

허름한 집, 마당에 있는 평상에 남자가 앉아 있었다.

약선님은 남자를 보자마자 혀를 찼다.

"네 말대로구나."

약선님은 심각한 얼굴로 남자의 맥을 짚고는 심각한 얼굴로 말했다.

"흠, '자네 이름이 뭔가?"

"김윤수라고 합니다."

"김윤수. 흐음, 그래, 뭐, 자네의 증상은 쉽게 말해 타고난 기운이 너무나도 강해 몸이 버티지 못하는 것일세. 오행의 기운이 전부 강해 서서히 몸이 망가지는 것이지. 이런 체질은 약으로 다스릴 수 없지만 침으로는 어느 정도 기운을 죽여 수명을 늘릴 수는 있네."

그러자 금수란이 화들짝 놀라며 물었다.

"정말입니까? 그럼 회복이 가능한 겁니까?"

"15년 정도 전에 봤다면 완벽하게 회복할 수 있었겠지만, 지금은 몸이 너무나도 많이 망가져 치료 후에도 무공을 펼치는 건 어려울 테지. 하지만 꾸준히 적당한 치료를 받으면 일반인처럼 평범하게 사는 것 정도는 가능할 것이다. 일단 내 의원에서 며칠 치료를 한 후 양천(楊川)으로 가 치료받으며 살 수 있게 해 주마."

금수란이 아랫입술을 깨무는 것이 보였다.

이렇게 쉽게 해결되리라고는 생각하지 못한 듯싶었다.

하지만 이는 결코 쉬운 일이 아니다.

애초에 허씨 가문의 치료술은 왕가(王家), 그리고 대가문에게만 허락된 것이니 금수란 같은 평민은 구경조차 할 수 없다.

거기다 약선님의 생사침술(生死鍼術)은 오직 왕가(王家)만이 누릴 수 있는 특권,

회귀 전의 금수란은 절대로 누릴 수 없는 것이었다.

"감사합니다. 감사합니다."

"그리고 지금 먹고 있는 약은 끊어야 한다."

그 순간 금수란과 김윤수의 표정이 굳었다.

"네? 그 소생단이란 걸 먹고 남편이 지금처럼……."

"흠, 소생단이라며 줬나? 누가 줬는지는 모르지만 질 나쁜 장난이네. 지금 자네가 먹고 있는 건 강한 진통제, 그리고 각성제네. 쉽게 말해 양기 폭주나 다름없지. 서하가 잘 알고 있는 부분이니 서하에게 물어보거라."

"양기 폭주?"

금수란이 이해할 수 없다는 듯 나를 바라봤다.

"남은 수명을 줄여 지금을 살고 있다는 소리입니다. 아마 남편분은 이미 눈치채고 계셨을 겁니다."

금수란은 놀란 눈으로 김윤수를 돌아봤다.

"……알고 계셨습니까?"

김윤수는 작은 한숨과 함께 순순히 인정했다.

"미안합니다. 부인."

"그런데 왜 저한테 말하지 않았습니까?"

"그저 좋아하는 얼굴을 한 번이라도 더 보고 싶었습니다."

"그게 무슨……. 그럼 제가 당신을 죽이고 있었던 겁니까? 제가 그걸 좋아하리라 생각하셨습니까?"

김윤수는 시선을 피했다.

나는 그가 왜 사실대로 고하지 않았는지 굳이 말하지 않아도 알 수 있을 것만 같았다.

'반쪽짜리 삶보다 완전한 삶이 낫다고 생각했겠지.'

하루하루 누워서 아내가 고생하는 것을 보는 것보다 짧게 살더라도 함께 누리며 살고 싶었을 것이다.

그리고 죽으면 아내가 자신에게서 해방된다고 믿었을 것이다.

그것이 사랑하는 여인을 위해 그가 해 줄 수 있는 유일한 방법이라 생각했을 것이다.

그러나 김윤수는 자신이 아내를 사랑한 만큼 금수란도 남편을 사랑하고 있다는 것을 생각지 못했다.

원하지 않은 일방적인 희생은 상대에게 상처만 남길 뿐이었다.

공기가 급속도로 얼어붙자 약선님이 나섰다.

"자자, 아직 늦지 않았어. 싸우는 건 다 낫고 하라고. 그럼 당장 오늘부터 약을 끊도록 해라. 이 상태에서 조금이라도 더 몸을 혹사했다가는 필시 어디 하나 불구가 될 테니까. 앞으로 한 알도 안 된다. 알겠느냐?"

"명심하겠습니다."

"그럼 서하는 내일 마차를 끌고 두 사람을 내 의원으로 데리고 와라. 알겠느냐?"

"이 마을에는 마차가 없는데요?"

"네가 다시 수도로 돌아가 좋은 마차 하나를 공수해 가지고 오면 되겠구나."

"……."

"그럼 돌아가자꾸나. 오랫동안 의원에서 생활해야 하니 집을 정리하고 오는 게 좋을 거다."

"그렇게 하겠습니다."

나는 예의 바르게 인사하는 금수란에게 말했다.

"그럼 내일 뵙겠습니다."

"네, 조심히 들어가세요."

갑자기 예의 바르게 인사하는 금수란. 그만큼 마음을 열었다고 봐도 되겠지.

이제 조금은 덜 무섭게 느껴지는 그녀였다.

Chapter 39.

그렇게 다음 날.

새벽부터 마차를 공수해 금수란의 마을로 향했다.

해가 중천에 뜰 때 즈음에는 도착할 수 있었고 마을 앞에는
김윤수 혼자 마중을 나와 있었다.

금수란이 보이지 않는다.

나는 김윤수에게 다가가 물었다.

"아내분은 어디 계십니까?"

"그게……."

김윤수는 편지 한 장을 꺼냈다.

볼일이 있으니 먼저 의원으로 가라는 것이었다.

그것을 읽는 순간 난 금수란의 볼일이 무엇인지를 바로 눈치챘다.

은월단의 누군가를 죽이러 간 것이 분명하다.

아마도 환약을 준 사람일 터.

하지만 은월단이 이런 위험한 계획을 아무런 보험 없이 했을 리가 없다.

'금수란이 위험할 수도 있다.'

죽 쒀서 개 줄 수는 없다.

"혹시 아내분의 정체를⋯⋯."

금수란의 정체를 김윤수가 알고 있을 거라는 생각은 들지 않았다.

자신이 암살자라고 밝히는 것은 쉬운 일이 아닐 테니 말이다.

하지만 내 예상과는 달리 김윤수는 즉답했다.

"알고 있습니다."

그럼 대화가 쉽다.

"그렇다면 그녀가 어디로 갔는지도 눈치채셨겠네요."

"네, 그래서 기다리고 있었습니다. 혹시 이주원이라는 사람을 아십니까?"

"이주원?"

"네, 그 사람이 바로 이 환약을 준 사람입니다."

모르는 이름이다.

그러나 알고 있을 만한 사람이 있다.

"거기 계십니까?"

나의 부름에 전가은이 아닌 다른 후암이 나타났다.

가끔 전가은이 자리를 비울 때 나를 보좌하는 인물이었다.

나는 그에게 물었다.

"이주원이라는 자를 아십니까?"

"홍등가의 모든 기방을 다스리는 방주(坊主)입니다."

그가 은월단이었구나.

"그럼 지금 그 이주원이 어디 있는지도 알 수 있습니까? 어떻게 생겼는지도."

"후암도 홍등가는 쉽게 들어갈 수 없기에 그런 정보는 알 수 없습니다. 그래도 홍등가 어딘가에 있을 확률이 제일 높습니다."

"알겠습니다."

홍등가.

남자들의 은밀한 비밀이 모이는 곳이기에 그만큼 경비가 삼엄했다.

어쨌든 최소한 누구를 찾아야 하는지는 알았다.

나는 김윤수에게 말했다.

"아내분은 제가 찾아오겠습니다. 당신은 마차를 타고 약선님의 의원으로……."

"저도 같이 가겠습니다."

마음은 알겠지만 병자가 갈 수 있을 정도로 호락호락한 장소가 아닐 것이다.

"죄송한 말이지만 가 봤자 방해만 될 뿐입니다. 아내분은 제가……."

그때였다.

김윤수가 나의 어깨에 손을 올린 뒤 기를 방출했다.

나는 저항할 새도 없이 붕 날아가 엉덩방아를 찧었다.

뭐야 이거? 아무리 준비하지 않고 있었다고는 하지만 내력에서 내가 밀렸다고?

공청석유를 마신 내가?

내가 당황해하며 상황을 이해하려 할 때 김윤수가 말했다.

"이 정도면 짐이 안 되겠지요? 같이 가겠습니다."

저 남자.

고수다.

어떤 미친놈이 금수란과 결혼해서 사는가 했더니 상상도 못 할 정도로 강한 고수여서 그랬구나.

"아, 네."

아마도 세상에서 가장 무서운 부부가 아닐까 싶다.

금수란은 이주원을 찾기 위해 새벽부터 움직였다.

'홍등가의 방주. 이주원.'

암살자는 의뢰인에 대한 정보를 최대한 입수한 뒤 임무를 수행한다.

혹여나 의뢰인이 약속된 값을 지급하지 않을 경우를 대비하는 것이다.

만약 똑바로 값을 지급하지 않거나, 혹은 의뢰 내용을 속였을 때는 칼날의 방향을 틀어야 하니까.

금수란의 칼날은 이미 방향을 바꾸었다.

'이주원은 오늘 아침 산으로 산책을 떠났다.'

정보는 얻었다.

이제 그를 죽이기만 하면 될 일이다.

'너는 너무 큰 것을 가지고 놀았다.'

금수란에게 있어 김윤수는 인생 전부나 다름없었다.

은월단은, 이주원은 그것을 가지고 논 것이다.

'죽음으로 갚아라.'

금수란의 인생은 김윤수를 만나기 전과 후로 나뉘었다.

김윤수를 만나기 전, 3살 때 부모에게서 버려진 금수란은 보육원으로 위장한 암부에 거둬져 살수(殺手)로 키워졌다.

그녀의 스승은 당시 암부 최고의 암살자라고 불리던 노인이었다.

금수란의 재능을 알아본 노인은 그녀에게 적무상귀공(寂無常鬼功)을 가르쳤고 금수란은 재능을 입증하듯 빠르게 성장하며 그의 수제자(首弟子)가 되었다.

혹독한 훈련을 끝낸 그녀는 13살 때부터 임무를 시작했고 누구보다 빠르게 실적을 쌓아 올렸다.

그렇게 7년이 지났을 때 즈음에는 스승의 뒤를 이어 명실상부 암부의 최고 전력 중 하나로 평가받게 되었다.

그리고 언제나처럼 임무를 하러 나갔을 때 현 남편, 김윤수를 만났다.

"여기서 뭐 하십니까?"

언제나처럼 은신술을 사용해 정보를 모으던 금수란의 앞으로 김윤수가 걸어온 것이었다.

금수란은 눈을 동그랗게 뜨고 그를 바라봤다.

"제가 보입니까?"

"제가 장님처럼 보이십니까? 이렇게 아름다운 분이 앞에 있는데 안 보일 리가 없죠. 그런데 여기는 저희 부대원들 외에는 들어올 수 없는 곳입니다만……. 길을 잃고 들어올 만한 곳도 아닌데."

"……."

금수란은 당황했다.

은신술이 워낙 완벽했기에 그녀는 얼굴조차 가리고 있지 않았다.

빠르게 판단해야 한다.

지금 이 자리에서 무리해서라도 목표를 처리할 것인지, 아니면 위험을 무릅쓰고 작전을 바꿀 것인지.

그리고 금수란은 처리하는 쪽으로 생각을 정했다.

그렇게 단검을 뽑아 들려는 순간 김윤수가 말했다.

"혹시 저를 보러 오신 겁니까?"

"네? 아…… 그게…….."

그때였다.

저 멀리서 무사들이 다가와 김윤수에게 말했다.

"어이, 김윤수. 거기서 뭐 해?"

"그게 말이야…….."

"좋아합니다."

금수란은 급하게 김윤수의 팔을 잡으며 말했다.

여기서 무사들이 더 왔다가는 큰일이다.

사회성이라고는 조금도 없는 금수란이었기에 악수를 둔 셈이었지만 김윤수는 빙긋 웃으며 말했다.

"그래도 부대 담을 넘는 건 안 됩니다. 밖에서 기다리시면 제가 만나 드리죠. 그럼 오늘 유시에 앞에서 만나겠습니다."

"아…… 네."

만날 생각 없는데…….

하지만 이 부대에서 암살해야 하는 대상이 셋이다.

김윤수를 잘 이용한다면 임무가 쉬워질 터.

게다가 적무상귀공(寂無常鬼功)의 은신술을 간파한 인물인 만큼 옆에 두고 그에 대한 정보를 모으는 것도 나쁘지 않을 것이다.

"그, 그렇게 하겠습니다."

"그러시죠."

"그럼 저는 이만……."

김윤수의 말에 금수란은 재빨리 빠져나왔다.

놀란 마음에 심장이 두근거린다.

"뭐야? 저거?"

가장 이상한 사람이었다.

그날 이후.

금수란은 암살 임무를 수행하며 김윤수를 만났다.

덕분에 김윤수가 일하는 날과 시간을 알 수 있었고 그때를 피해 암살 임무를 수행할 수 있었다.

하지만 그와 동시에 금수란과 김윤수의 관계는 점점 깊어졌다.

김윤수는 금수란이 만난 그 어떤 인물보다 따뜻했고 그녀는 그런 그에게 진짜로 호감을 느껴 갔다.

하지만 속이고 있다는 죄책감도 함께하던 어느 날.

같이 저녁을 먹던 중 김윤수가 말했다.

"부대장님이 암살당해 부대가 난리입니다."

"정말입니까? 어쩌다가 그런……."

금수란은 놀란 연기를 하면서도 찔린 마음에 불편한 표정을 지었다.

김윤수는 그런 그녀를 가만히 바라보다 말했다.

"실력이 좋은 암살자입니다. 뭐, 부대장님은 사실 그렇게 좋은 분이 아니었습니다. 뇌물도 많이 받으시고, 부하들의 공을 자신의 것으로 만드는 그런 분이었죠."

"그렇습니까?"

"네, 하지만 대장님은 좋은 분이니 죽이지 않았으면 좋겠습니다."

"네……. 아뇨? 네?"

김윤수는 빙긋 웃으며 금수란을 바라봤다.

이 남자. 처음부터 전부 알고 있었다.

"지금이라면 멈추실 수 있을 거 같아 부탁하는 겁니다."

금수란은 표정을 굳혔다.

다 알면서 만나고 있었다.

"다 알고 계셨습니까?"

"그럼 그렇게 기척을 잘 지우는 사람을 평범한 사람으로 생각했겠습니까? 눈으로 보아도 보이지 않더군요. 아지랑이처럼."

"……."

금수란은 가만히 고개를 숙이고 있다가 자리에서 일어났다.

"그럼 이게 연기라는 것도 알겠네요. 가 보겠습니다."

김윤수는 대답 대신 쓸쓸하게 미소를 지었다.

밖으로 나온 금수란은 계속해서 한숨을 내쉬었다.

마지막 말에 김윤수가 짓던 표정이 계속해서 생각났다.

그러던 그녀에게 한 남자가 다가와 말했다.

"정체를 들켰으면 죽여라."

아주 간단한 전언.

하지만 죽일 수 있을까?

연기라고 말했던 것은 거짓이다. 지금은 그냥 좋아서 만날 뿐이었다. 태어나서 단 한 번도 사랑받아 본 적이 없었기에 걱정해 주는 말 한마디도 좋았다.

'……그래도 해야지.'

감정은 죽인 지 오래다.

일시적인 감정에 흔들리지 않을 생각이다.

금수란은 바로 움직였다. 김윤수를 죽이기 위해서는 완벽할 필요가 있다. 그렇게 김윤수의 집에 들어가는 순간 김윤수가 문을 열고 나왔다.

"심장 소리가 방에서부터 들립니다."

김윤수의 얼굴을 보는 순간 금수란은 느꼈다.

이 남자는 죽일 수 없다.

현실적으로도 감정적으로도.

"절 죽이러 오셨습니까?"

"……그래야 합니다. 차라리 끝까지 모르는 척해 주시지 그러셨습니까? 그러면 거짓된 만남이라도 계속할 수 있었을 텐데요."

"어차피 슬슬 거짓을 진실로 만들 생각이었습니다."

김윤수는 금수란에게 다가와 주머니에서 무언가를 꺼냈다.

옥가락지에 금수란은 아랫입술을 깨물었다.

"계속 이 일을 하고 싶으십니까?"

"……."

"부담 없이 말씀하셔도 됩니다."

"……아뇨."

그냥 평범하게 살고 싶다고 생각한 적이 여러 번 있었다.

그것이 불가능했기에 외면했을 뿐.

"그럼 잘됐네요. 은퇴하고 저랑 같이 사시죠. 저도 검이나 휘두르며 사는 것에 질렸습니다."

김윤수는 미소 지었다.

그러나 암부는 배신자를 절대로 용서치 않는다.

하물며 암살자 중 최고봉이라는 금수란을 그냥 놓아줄 리가 없었다.

"하지만 암부가……."

"그건 상관없습니다."

김윤수는 자신 있게 말했다.

"제가 잘 말하고 오죠. 암부의 본부가 어딥니까?"

금수란이 머뭇거리자 김윤수의 주변으로 아지랑이가 피어올랐고 이윽고 대기가 흔들리기 시작했다.

"제가 다 해결해 드리겠습니다."

과거를 떠올리던 금수란은 산 중턱에서 발을 멈추었다.

호위가 보이기 시작했다.

이 근처라는 것을 확신한 그녀는 호위들의 위치를 전부 파악한 뒤 하나씩 처리하기 시작했다.

마치 존재하지 않는 무언가에 당하는 것처럼.

이주원의 호위들은 속수무책으로 쓰러졌고 금수란은 천천히 앞으로 걸어 나갔다.

그런데 그때였다.

시선을 느낀 금수란은 바로 기척을 숨겼으나 그런 그녀를 향해 한 남자가 날아들었다.

"숨바꼭질이라도 하자는 건가?"

이마를 가득 채운 뿔. 긴 백발을 휘날리는 존재.

나찰. 인간과는 차원이 다른 존재가 나타났다.

'이게 무슨…….'

나찰이 인간을 호위한다는 말은 들어 본 적도 없다.

아슬아슬하게 공격을 피한 금수란은 백야차를 바라봤다.

그는 고개를 꺾으며 말했다.

"눈앞에 있어도 안 보이는구나."

"……!"

"하지만 분명 존재하는 것은 죽일 수 있는 법."

백야차가 손을 뻗은 뒤 주먹을 쥐었다.

그러자 금수란의 몸이 그의 손으로 빨려 들어가기 시작했다.

'무슨……!'

당황한 금수란의 복부로 백야차의 주먹이 날아들었고 금수란은 양팔을 겹쳐 막았다.

퍽! 하는 소리와 함께 양팔이 부러지는 느낌이 났다.

"꺄악!"

멀리 날아가 뒹군 금수란은 고개를 들어 백야차를 바라봤다.

"판단은 좋았다. 막지 않았으면 죽었을 테니."

나찰은 각기 고유한 능력을 지니고 있다.

백야차(白夜叉)의 능력은 대상을 자신에게 끌어들이는 중심력(中心力)이었다.

'나찰을 상대할 때는 요술을 조심하라.'

언젠가 천우진이 말했던 말이다.

'상대할 일이 없어야 정상인데.'

암살자인 금수란이 나찰을 상대해야 할 일은 없었기에 요술을 깜빡한 것이다.

"그럼 빨리 일을 끝내 볼까?"

백야차가 다시 중심력을 사용하려는 순간이었다.

"오오오오오!"

황금빛으로 빛나는 이서하가 날아와 금수란의 앞에 섰다.

덕분에 백야차의 중심력은 금수란이 아니라 이서하에게 적용되었고 두 사람은 순식간에 가까워졌다.

백야차는 짐짓 당황했으나 다시 여유를 되찾고 서하를 향해 주먹을 날렸다.

그러나 서하는 중심력을 이용하듯 자세를 잡으며 검을 휘둘렀다.

일검류(一劍類), 용섬(龍閃).

백야차의 주먹이 빗나가고 서하의 검이 그의 옆구리를 베었다.

아니, 정확히 말하면 부딪혔다고 말하는 것이 맞다.

일검류, 거기에 양기를 머금은 천광조차 피부조차 뚫지 못한 것이다.

백야차는 표정 하나 변하지 않고 서하를 내려 보며 말했다.

"뭐 하냐?"

"아, 씨. 백야차가 지금 왜 나와?"

백야차는 있는 힘껏 서하를 발로 차 날렸고 서하는 데굴데굴 굴러 금수란의 앞으로 돌아갔다.

"괜찮으십니까? 금수란 씨."

"네가 왜 여기?"

"긴말할 시간이 없습니다. 도망쳐야 합니다."

지금 이 상태로, 아니, 지금 이 실력으로는 목숨을 걸어도 백야차는 이길 수 없다.

"누가 놔준다고 하더냐?"

하지만 백야차가 그냥 놔줄 리가 없었다.

그리고 그때 한 남자가 작은 환약을 먹으며 백야차와 금수란 사이에 나타났다.

금수란은 사랑하는 남자의 모습에 아랫입술을 깨물었다.

"서방님……."

"늦었네요. 미안합니다. 혼자 다 짊어지게 해서."

김윤수는 오랫동안 뽑지 않았던 검을 뽑으며 말했다.

"이제 제가 다 해결해 드리겠습니다."

정말 오랜만에 들어 보는 말이었다.

선생과 이주원은 산속의 정자에서 대기했다.

이미 이서하가 약선을 데리고 금수란을 만났다는 정보가
들어온 이후였다.

"또 이서하네."

이주원은 한숨과 함께 하늘을 올려 보았다.

"저거 정말로 안 죽일 건가? 아무리 철혈이 무서워도 죽여
야 할 거 같은데."

"철혈님에 국왕 전하까지 상대해야겠죠."

그냥 죽여 버리기에는 커도 너무 커 버렸다.

백두검귀의 실패가 너무나도 뼈아파지기 시작했다.

"뭐 어쩌겠냐? 그래도 우리도 사람 하나 붙여 놓은 덕에 정
보전에서는 뒤떨어지지 않으니 그걸 다행이라고 생각해야지."

전가은은 서하의 움직임을 확실하게 보고해 주고 있었다.

덕분에 금수란이 곧 습격해 오리라는 것도 알고 대비할 수 있었던 것.

"다 나한테 고마워하라고."

"항상 감사하고 있습니다."

"에이, 재미없어."

이주원은 술잔을 마시며 말했다.

"그나저나 저런 무지막지한 여자랑 결혼한 놈은 어떤 놈이야? 너는 알고 있는 거 같던데."

"김윤수 말입니까?"

"응. 그 인간. 금수란이 수십, 수백을 죽인 암살자라는 건 알고 사는 거지?"

"아마 그럴 겁니다. 그 친구는 그런 친구니까요."

김윤수.

그리운 이름이다.

그를 처음 알게 된 것이 몇 년 전일까?

김윤수는 언제나 조용하게 미소만 짓는 남자였다. 실력이 있음에도 그것을 뽐내는 법이 없었고 그저 뒤에서 조력자의 역할에 충실했다.

그러나 선생은 그의 실력을 한 번이나마 본 적이 있었다.

"김윤수는 안타까운 인물입니다."

"그렇게 유명하지 않은 걸 보면 별거 없는 거 같은데. 아닌가?"

"유명해지는 걸 원치 않은 사람이니까요. 그가 자신의 실력을 보여 준 것은 딱 한 번뿐이었죠."

"딱 한 번?"

"네, 금수란을 달라고 암부로 찾아갔을 때입니다."

"죽으려고 작정했었군."

"모두가 그렇게 생각했었죠. 하지만 암부의 무사들은 김윤수의 상대가 될 수 없었습니다. 100명이 넘는 암부의 무사들이 달려들었지만 전부 제압당했죠."

"뭐, 암부의 무사 중 선인급은 많지 않으니 오합지졸만 있었겠지. 현경(玄境) 등급의 무사들이라도 있었으면 그럴 수 없었을 텐데."

천우진이 바로 그 현경(玄境) 등급의 무사였다.

하지만 이주원의 말에 선생은 바로 말했다.

"그건 아닙니다."

그리고는 씁쓸하게 웃으며 말했다.

"그 100명 중에 천우진이 포함되어 있었거든요."

"잠깐, 그러면……."

천우진까지 포함된 100명의 무사를 모두 이겼다는 것인가?

이주원이 긴장한 듯 침을 삼키자 선생이 말했다.

"백야차와는 좋은 싸움이 될 겁니다."

"병에 걸린 상태로."

"병에 걸리지 않았다면……."

선생은 정색하며 말을 끝냈다.

"절대 그를 건드리지 않았을 겁니다."

철혈을 필요 이상 건드리지 않듯이.

결코 김윤수의 소중한 것을 건드리지 않았을 것이다.

◆ ◈ ◆

도포를 휘날리며 나타난 김윤수는 백야차의 앞에 섰다.

백야차(白夜叉).

훗날 있을 인간과 나찰의 전쟁에서 나찰의 핵심 전력으로 활약하는 인물이다. 그의 무력은 상상을 초월했고 수많은 무사들이 백야차의 손에 죽어 갔다.

'철혈님이 있었더라면이라는 말이 많이 나왔었지.'

신태민이 즉위한 후 내부 분열로 어수선할 때 수도가 총공격을 받았다.

할아버지는 홀로 수도를 지키기 위해 분전하며 수백의 나찰을 베었지만 결국 전사하셨었다.

이번에는 애초에 분열을 막을 생각이었으니 백야차는 어떻게든 상대할 수 있을 거로 생각했는데 이렇게 빨리 만나게 될 줄은 상상도 못 했다.

'아이씨. 어쩌지.'

김윤수는 고수가 맞다.

하지만 백야차는 급이 다르다.

나찰에도 고수가 있고 하수가 있는 법.

지금까지 내가 상대한 나찰들은 아무리 좋게 봐줘도 하급 무사급이라고 할 수 있었다.

그러나 백야차는 최소 선인급.

김윤수가 이길 수 있을 리가 없다.

'내가 어떻게든 해야 돼.'

하지만 할 수 있을까?

그렇게 생각이 들 때였다.

"거참 멋있게도 등장하네. 실력도 좋은지 한번 보자."

김윤수는 대답 없이 백야차를 향해 달려들었다.

"잠깐……."

난 벌떡 일어나며 외쳤다.

나찰과 싸울 때는 항상 요술을 염두에 둬야만 한다.

어떤 능력을 갖추고 있을지 알 수 없기에 상대가 요술을 쓰기 전까지는 조심스럽게 공격해야만 했다.

아니나 다를까, 백야차는 바로 자신의 능력을 사용했다.

중심력(中心力).

원하는 것을 자신에게 끌어들이는 힘이었다.

'저 요술에 모두가 죽어 나갔지.'

저 단순한 요술이 최악의 요술로 불린 이유는 순전히 백야차가 사용하기 때문이다.

중심력에 걸리면 움직임이 제한된 상태로 꼼짝없이 백야차와 싸워야만 한다.

안 그래도 상대하기 힘든 백야차와 움직임이 제한된 상태에서 싸운다는 건 불가능에 가까운 일이었다.

'내가 도와줘야…….'

나는 바로 극양신공을 끝까지 끌어올렸다.

미안하다 몸아.

다 회복되자마자 또 혹사다.

그렇게 생각하는 순간 김윤수와 백야차가 부딪쳤다.

백야차는 김윤수의 얼굴을 향해 주먹을 내질렀다.

스치기만 해도 머리가 터질 것이다.

하지만 김윤수는 여유롭게 피하며 환도의 뒷매기로 백야차의 이마를 찍었다.

퍽! 하는 소리와 함께 백야차가 뒤로 물러났고 나는 잠시 발걸음을 멈췄다.

"뭐……?"

백야차의 공격이 단순한 정권 지르기라고 생각한다면 그건 오산이다.

저 주먹에 얼마나 많은 고수들이 죽어 갔던가.

속도는 물론 공격의 각도까지.

절대로 피할 수 없는 그러한 일격이다.

그러나 김윤수는 피하는 건 물론 반격까지 해냈다.

중심력이 사라지고 김윤수는 도포 자락을 휘날리며 착지했다.

다시금 자세를 잡은 김윤수는 쉬지 않고 백야차를 향해 돌진했다.

김윤수가 검을 휘두를 때마다 공간이 뒤틀리며 기가 폭발했다.

펑! 펑! 펑!

백야차는 놀란 얼굴로 김윤수의 공격을 받아 냈다.

'모든 공격에 기를 담아 폭발시키고 있다.'

검기를 담아 폭발시키는 것 자체는 그리 어렵지 않다.

하지만 놀라운 것은 그 위력이었다.

웬만한 선인은 10번도 쓰기 힘든 검기 폭발을 김윤수는 벌써 30회 이상 사용하고 있었다.

백야차는 김윤수의 공격을 버텨 내며 말했다.

"자신 있게 나타날 실력은 되는구나."

즐거워하는 얼굴.

오랜만에 호적수를 만나 좋아하는 것이 분명했다.

백야차도 움직임에 따라 산림이 사라지기 시작했다.

두 사람의 기가 서로 부딪쳐 용오름을 만들어 냈고 돌풍이 모든 것을 날려 버린다.

저긴…… 낄 수 없다.

아니, 껴서는 안 된다.

최고수끼리의 대결에 나라는 변수가 좋은 쪽으로 나올지, 나쁜 쪽으로 나올지 알 수 없다.

그나저나 김윤수.

들어 본 적이 없는 이름이다.

'아마도 병에 걸린 후로 싸운 적이 없었겠지.'

모순되게도 은월단이 준 소생단이 은월단의 최강의 패를 막아 내고 있는 셈이었다.

난 불안한 얼굴로 남편을 바라보는 금수란에게 물었다.

"김윤수. 저분은 어떤 분입니까?"

"그냥 평범한 사람이야."

금수란은 고개를 숙였다.

"평범하고 싶은 특별한 사람이지."

그 순간이었다.

김윤수가 뒤로 물러남과 동시에 피를 토했다.

엄청난 양의 피를 토해 낸 그는 바로 입가를 닦으며 고개를 들었다.

"……"

잊고 있었다.

김윤수는 소생단에 기대어 겨우 움직이고 있는 병자라는 것을.

피를 토한 후부터는 김윤수가 밀리기 시작했다.

약 기운으로 움직이던 그의 몸은 생명이 다한 것처럼 느려졌고 팽팽하던 균형은 백야차 쪽으로 기울기 시작했다.

'이제 도와야 한다.'

김윤수가 이대로 당해 버리면 희망이 없다.

나는 극양신공을 최대한으로 끌어올린 뒤 백야차를 향해 달려들었다.

백야차는 나의 공격을 막아 내며 인상 썼다.

"조무래기가……."

"조무래기인지 아닌지는 이제 확인해 보시죠."

"호오……."

백야차는 상처 난 팔을 보고는 짐짓 놀라는 표정을 지었다.

아무리 백야차라도 양기 폭주, 거기에 대(對)나찰 최강의 무기인 천광을 든 나의 공격을 상처 하나 없이 받아 낼 수는 없으리라.

"아무래도 너부터 없애 버려야겠구나."

"아이고, 왜 그러십니까? 살살 하시죠."

이건 진짜로 무섭다.

나는 살기를 느끼고 거리를 벌렸으나 백야차는 바로 중심력을 사용했다.

중심력을 상대할 때는 어쭙잖게 버티는 것보다 이를 이용하는 편이 낫다.

괜히 힘으로 버티려다 두 발이 땅에서 떨어지면 끝장이니

209

말이다.

나는 백야차를 향해 달려들었고 동시에 김윤수가 움직였다.

"쯧."

백야차는 혀를 차며 김윤수의 공격을 피했다.

극양신공을 최대치로 발동한 나는 천우진과 같은 급의 힘을 낼 수 있다.

김윤수는 언뜻 보아도 그 이상이었다.

그런 나와 김윤수가 합공한다면 아무리 백야차라고 하더라도 쉽게 우위를 점할 수는 없을 리라.

'내가 뻗기 전에, 아니 나와 김윤수 둘 중 하나가 뻗기 전에 어떻게든 우위를 점해야 한다.'

그렇게 생각하는 사이 백야차와 김윤수가 합을 나누기 시작했다.

약 서너 번의 합을 나눈 백야차는 나를 힐끗 보고는 뒤로 물러났다.

뒤에서 오는 기습을 조심하는 것이다.

그런데 그 순간이었다.

휙! 휙! 휙!

백야차가 뒤로 물러났음에도 김윤수는 허공에 검을 휘둘렀다.

고작 세 번이었으나 위화감을 느끼기에는 충분했다.

"……."

모두가 멍하니 김윤수를 바라보았고 김윤수는 거친 숨을 내쉬며 검을 내렸다.

백야차는 아쉬운 듯 김윤수를 바라보다 돌을 던졌고 그와 동시에 김윤수가 몸을 돌려 검을 휘둘렀다.

이로써 확실해졌다.

"눈이 멀었군."

소생단을 계속 사용하면 필시 불구가 될 것이다.

약선님의 말대로 김윤수의 눈이 죽었다.

"이 아이는 천재입니다!"

"새로운 무신입니다. 부디 저희 가문에 들이는 것을 허락해 주시길 바랍니다."

호들갑을 떠는 선인들.

어렸을 적부터 김윤수는 모두의 관심을 받아 왔다.

한 번이라도 김윤수의 재능을 본 선인들은 돈을 주고서라도 자신의 제자로 데려가겠다고 다투었다.

하지만 천재였던 김윤수가 내공과 외공, 보법, 검법 등등 기본 원리를 이해하는 데는 오래 걸리지 않았고 그 이후로는 혼자 무공을 만들어 낼 수 있는 경지에 올랐다.

그렇게 김윤수는 독자적 무공을 수련해 나갔다.

혼자서 조용히.

그 이유는 하나였다.

눈에 띄지 않기 위해서.

"다 귀찮아."

가진 재능에 비해 김윤수는 야망이 없었다.

그저 자신을 단련하고 평범하게, 그러면서도 자기 자신과 소중한 사람을 지킬 정도의 힘을 얻는 것이 그의 목표였다.

그렇게 무사가 되었고 적당히 힘을 숨기며 살아왔다.

세상을 경험할수록 자신의 재능이 가진 위대함을 깨달았으나 단 한 번도 힘을 사용하지 않았다.

의미가 없었으니까.

그러던 중 한 암살자를 만났다.

세상 즐거움이라고는 하나 없어 보이는 눈동자.

당황한 얼굴이 꽤 귀여워 보였다.

그렇기에 호기심이 생겼다.

평범함과는 거리가 먼 이 여자는 어떤 삶을 살았을까?

그래서 모르는 척을 해 주었다.

"여기서 뭐 하십니까?"

그것이 시작이었다.

그녀는 작은 선물에도 감동했고, 평범한 음식조차 산해진미를 먹는 것처럼 좋아했으며 같이 걷는 순간에도 행복함에 젖어 있었다.

어떤 인생을 살았길래 이럴까?

평범함을 몰랐기에, 누구보다 평범함에 감사했다.

그래서 행복하게 해 주고 싶었다.

평범한 모든 것에 감사해할 줄 아는 이 사람을 정말로 행복하게 만들고 싶었다.

그리고 처음으로 힘을 사용했다..

오직 금수란을 위해 암부를 초토화했다.

'너는 문제가 없을 거라고 생각했는데……'

결혼 생활은 더할 나위 없이 좋았다.

매일 함께하는 것만으로도 이렇게 행복할 수 있구나 하는 생각이 들 정도였다.

하지만 꿈같던 시간이 지나 몸이 망가지기 시작했다.

금수란은 함께 있는 것만으로도 좋다고 했으나 김윤수는 만족하지 못했다.

'이제야 좀 괜찮아지나 했는데.'

약선님을 만나 치료를 받고 다시 평범하게 살 수 있을 거라고 생각했는데.

이제 백야차가 점점 보이지 않는다.

이윽고 어둠 속에 잠긴 김윤수는 오직 남은 감각에 의지해 검을 휘둘렀고 결국 눈이 멀어 버렸다.

그리고 그 순간이었다.

"이제 됐습니다."

금수란이 달려와 김윤수의 등을 안았다.

부러진 그녀의 팔이 벌벌 떨리는 것이 느껴졌다.

김윤수는 입술을 깨물었다.

"미안합니다."

특별한 것 없는 일들뿐이었다.

같이 밥을 먹고, 같이 아침을 맞이하고, 서로가 서로에게 의지하며 사는 평범해 마지않은 그저 그런 일상들뿐.

그런 삶이 영원하기를 바랐다.

하지만 지금, 이 순간이 되자 후회되기 시작했다.

조금이라도 더 많은 것을 보고, 더 많은 행복을 줄걸.

그런 생각에 후회만 남는다.

"내가 못나 당신에게 상처만 주는군요."

김윤수는 쓸쓸하게 웃으며 몸을 돌려 금수란을 안았다.

금수란은 그런 그를 향해 말했다.

"아닙니다. 이미 저는 평생분의 행복을 받았습니다."

이게 마지막이구나.

몸에 힘이 들어가지 않는다. 마지막으로 태운 생명력 또한 다해 가고 있다.

이윽고 백야차가 움직이는 것이 느껴졌다.

그리고 그 순간 두 사람 사이에 한 남자가 끼어들었다.

"뭘 포기하고 있습니까!"

금수란은 이서하를 바라보았다.

그를 감싸고 있는 황금빛이 점점 강해지고 있었다.

"난 당신들을 포기하지 않았어!"

이서하는 그 어떤 것도 포기할 생각이 없었다.

◆ ◈ ◆

나를 위해서도, 대의를 위해서도 금수란을, 그리고 김윤수를 죽게 놔둘 수는 없다.

'이번 삶의 나는…….'

모든 것이 완벽해야 한다.

혼자 도망치는 것도 방법이었으나 그러고 싶지 않았다.

그런 삶을 살기 위해 돌아온 것이 아니니까.

백야차는 앞을 가로막는 나를 노려보며 말했다.

"저들을 위해 죽으려는가?"

"필요하다면."

살아남기 위해 언제나 뒤로 물러났다.

그렇기에 그렇게 살아서는 변하는 것이 없다는 것도 뼈저리게 알았다.

내가 변화를 만든다.

죽음을 각오하고 변화를 만들어야 내일이 달라지는 법이다.

"그럼 죽어라."

백야차가 중심력으로 나를 끌어당겼다.

벗어날 방법은 없다.

그저 서로 죽을 때까지 주먹을 나눌 뿐.

그렇게 코가 맞닿을 정도의 근거리에서 나는 백야차와 합을 나누었다.

검을 휘두를 수 없는 거리.

오직 보법에 의지한다.

백야차의 주먹을 공시대보로 피한 나는 팔꿈치로 그의 턱을 가격했다.

효과가 미미하다.

한 대만 맞아도 끝장인 나와 달리 백야차는 나의 공격에도 미동조차 없었다.

'오래 버틸 수는 없다.'

극양신공을 통해 어떻게든 버티고는 있었으나 이 또한 얼마 못 갈 것이다.

그러나 포기할 수는 없다.

김윤수처럼 몸이 먼저 죽기 전에 정신이 죽어서는 안 된다.

모든 공격을 피하고 최대한 타격을 가한다.

그렇게 몇 번의 합을 나누었을 때 백야차는 미소와 함께 말했다.

"칭찬해 주마. 너는 대단하다. 나찰이었다면 의형제를 맺고 싶을 정도로."

"내가 거부할 건데?"

"끝까지 입은 살았구나."

얼마나 더 버틸 수 있을까?

그렇게 생각할 때였다.

무언가 거대한 기운이 다가오는 것이 느껴졌다.

산신령처럼 날아온 노인은 가볍게 착지한 뒤 말했다.

"실례하마."

약선(藥仙), 허운.

"내 환자와 제자를 데리러 왔는데. 데리고 가도 되겠느냐?"

백야차는 노인을 바라보다 인상을 찌푸렸다.

"저건 또 뭐야?"

나는 그제야 마음을 놓고 주저앉았다.

버텼다, 버텼어.

나는 심각해진 백야차를 바라보다 말했다.

"우리 사부님 왔다. 넌 이제 죽었다, 인마."

할아버지 세대에는 인간의 영역을 뛰어넘은 세 명의 최고수가 존재한다고 한다.

무신(武神) 이강진.

전신(戰神) 신유철.

그리고 약 빨면 무서워지는 허운이나.

……

진짜로 저렇게 불렀다.

약선님의 등장에 백야차는 가만히 서서 생각에 잠겼다.

고수는 서로를 알아보기 마련.

거기에 나 또한 아직은 건재했고 시간이 지나면 추가적인 지원도 올 수 있기에 아무리 백야차라도 생각이 깊어질 수밖에 없었다.

'사실 우리도 싸우는 건 피하고 싶지만…….'

격한 마음에 강하게 말은 했지만 싸움은 피하는 것이 좋다.

약선님의 진짜 실력을 알 수 없기 때문이다.

할아버지 세대의 최강자.

이강진, 신유철, 허운을 같이 묶긴 하지만 굳이 따지자면 할아버지가 부동의 1위, 그리고 신유철 국왕 전하가 2등이었다.

약선님의 전투는 기록도 거의 없었으며 실제로도 본 적이 없다.

아무리 고수라고 이름을 날렸더라도 백야차를 상대로 이길 수 있을까?

그건 확신할 수 없다.

'하지만 백야차도 부담스럽겠지.'

빠르게 전투를 끝낼 확신이 없다면 백야차도 물러나는 것이 맞다.

그때 백야차가 생각을 마치고 말했다.

"만약 데려갈 수 없다고 한다면?"

"그럼 힘으로라도 데려가야지."

약선님은 뒷짐을 지고 앞으로 걸어 나가며 환약을 하나 입에 넣었다.

오오!

약 빨면 무서운 허운을 실제로 볼 수 있는 건가?

"그럴 테냐?"

전보다 더 강한 기운이 약선님의 몸에서 뿜어져 나왔다.

백야차는 피식 웃고는 말했다.

"살벌하게 왜 그러시나? 됐다. 그냥 데려가라. 어차피 난 저 암살자만 막으면 됐으니까. 그리고 거기 암살자. 암살은 포기해. 다음번에는 그냥 넘어가지 않을 테니."

백야차는 그 말을 끝으로 사라졌다.

나는 안도의 한숨을 내쉬었다.

약 빨면 무서워지는 허운을 보지 못한 것은 아쉽지만 위기를 넘긴 것에 만족하자.

그때 약선님이 작게 숨을 내쉬며 말했다.

"후우, 무서웠다."

"……"

방금 뭐라고……?

그리고 그와 동시에 나에게 달려와 주먹으로 꿀밤을 때렸다.

"이 녀석아! 내가 곧장 의원으로 오라고 하지 않았느냐! 도대체 이런 곳에서 무엇을 하는 게냐?"

"죄송합니다. 하지만 어쩔 수 없었습니다."

나는 금수란을 돌아보았다.

김윤수가 힘없이 주저앉아 있었고 약선님이 그에게 다가가 말했다.

"빨리 의원으로 옮겨야 한다. 그리고 그쪽도 팔이 다 부러졌군. 뼈를 고정해야 하니 움직이지 말아라. 이서하, 너는 환자를 업고 의원으로 달려라."

"알겠습니다."

약선님은 의원에 도착하자마자 김윤수의 상태를 살폈고 나는 옆에서 수발을 들었다.

금수란은 양팔이 부러진 상태로도 조용히 고개를 숙이고 치료 과정을 지켜보았다.

맥을 짚고, 침을 놓던 약선님은 깊은 한숨과 함께 말했다.

"눈은 못 살리겠군."

금수란은 주먹을 쥐고 죄인처럼 고개를 숙였다.

아마 자신을 자책하고 있을 것이다.

금수란이 복수를 생각하지 않았다면, 그랬다면 김윤수의 눈이 멀어 버리는 일은 없었을 테니 말이다.

"그래도 목숨은 건졌어. 비록 치료 기간은 늘어나고 앞으로 무공도 사용할 수 없겠지만 일상생활 정도는 가능할 것이네."

"……."

금수란은 기뻐할 수 없었다.

이미 사랑하는 사람의 눈이 멀어 버린 시점에서 그녀는 죄책감을 느낄 수밖에 없었다.

하지만 그때 김윤수가 금수란의 손을 잡았다.

"너무 개의치 마십시오. 부인. 이렇게 둘 다 살 수 있지 않습니까?"

"죄송합니다. 제가 못나서……."

약선님은 자리에서 일어났다.

기본적인 치료는 끝났다는 것을 뜻했다.

"우린 나가 있자꾸나."

"네, 스승님."

나는 약선님의 뒤를 따라 나왔다.

그나저나 궁금한 것이 하나 있었다.

만약 그 백야차와 약선님이 싸웠다면 누가 이겼을까?

나는 김윤수의 눈이 걸리는지 깊은 한숨을 내쉬는 약선님에게 다가가 물었다.

"궁금한 것이 하나 있습니다. 약선님."

"그래, 말해 보아라."

"만약 백야차가 그냥 물러나지 않았다면 어떻게 되었을까요?"

"물러나지 않았다면……."

약선님은 생각에 잠겨 있었다.

나는 기대를 담아 말했다.

"그래도 약선님은 할아버지나 국왕 전하에 비견되는 고수가 아니십니까? 약 빨면 무서워지는 허운이라는 이름으로도……."

"잠깐!"

내 말이 끝나기도 전에 약선님이 정색하며 나를 돌아봤다.

"너 그거 어디서 들었냐?"

"이 이야기 말입니까?"

회귀 전 나찰과 전쟁을 하기 위해 현역으로 돌아온 노(老)무사들에게 들었던 이야기다.

아주 잠깐 저 이상한 무명(武名)으로 불렸고 그 이후로는 전쟁터에 나가지 않아 약선(藥仙)님으로 불렸으니 말이다.

하지만 그렇게 말할 수는 없다.

뭐라고 말해야 할지 생각할 때 약선님이 답을 주었다.

"강진 형님이구나?"

"아…… 뭐, 그렇습니다."

할아버지 죄송합니다.

아니, 죄송할 건 없지 않은가? 없는 이야기를 한 건 아니니 말이다.

"후우, 그거 절대로 다른 누구에게 말하지 말아라."

"왜 그러십니까?"

"네 무명(武名)이 그따위면 좋겠느냐? 그 인간들 자기들은 무신이니, 전신이니 아주 거창하게 부르면서 이런 이상한 이름이나 지어 주고 말이야. 그걸 또 손자한테 말해? 쯧쯧쯧. 아직 덜 컸어."

하긴, 나라도 싫을 거 같다.

나는 바로 이해하고 고개를 끄덕였다.

"무덤까지 가져가겠습니다."

"그래, 그러는 편이 좋을 거다. 아니면 파문이니까."

약선님은 작은 한숨과 함께 허공을 바라보며 중얼거렸다.

"그래도 그때가 재밌긴 했지."

아무래도 과거를 회상하시는 것만 같다.

수 주가 지나고 김윤수는 부축을 받으면 거동이 가능할 정도로 회복했다.

"이제 양천으로 가 한동안 재활에 힘을 쓰면 충분히 일상생활이 가능할 것이다."

"감사합니다. 약선님. 이 은혜는 잊지 않겠습니다."

금수란과 김윤수가 고개를 숙이자 약선님이 옆으로 살짝 비키며 말했다.

"감사는 이 아이에게 해라. 난 이 아이의 부탁을 들어줬을 뿐이니까."

금수란은 나에게 고개를 숙였다.

"감사합니다. 도련님. 제가 실례가 많았습니다."

"아닙니다. 그런데 이주원은……."

"포기했습니다."

금수란은 씁쓸하게 웃었다.

"기껏 살려 주신 목숨 다시 버릴 수는 없으니 말입니다."

"그렇군요."

이주원에게는 백야차가 붙어 있다.

매일 백야차가 호위하고 있을 리는 없으나 남편을 보필해야 하는 금수란 입장에서는 위험을 감수할 수 없었다.

"그래도 신유민 저하께서 저의 힘이 필요하시다면 언제든 불러 주시길 바랍니다."

"네. 그러겠습니다."

금수란은 내가 무엇을 바라고 자신을 도와줬는지를 잘 알고 있었다.

신유민 저하의 심복이 되어 달라고도 이미 말하기도 했고.

그래도 두 사람의 사정을 알고 나니 꼭 필요할 때만 불러야겠다는 생각이 들었다.

어쨌든 금수란이라는 강력한 비수가 내 손에 들어왔다는 것만으로도 이번 일은 의미 있었다.

앞으로 중립 무사들이 죽는 것을 어느 정도는 막을 수도 있을 것이며 또 꼭 필요할 때 누군가를 제거할 수도 있으리라.

'백야차 같은 놈만 아니면 금수란을 막을 수는 없으니까.'

백야차는 규격 외의 존재.

그런 존재만 조심한다면 금수란은 반드시 적의 심장을 꿰뚫어 줄 것이다.

"그럼 가 보겠습니다."

두 사람은 마차를 타고 양천으로 향했고 그렇게 또 한 가지 사건이 마무리되었다.

Chapter 40.

Chapter 40.

　금수란을 막아 낸 백야차는 이주원과 선생이 있는 정자로
가 말했다.

　"암살자는 처리했어. 다시 오지 않을 거야."

　"죽인 겁니까?"

　"아니, 이상한 노인네가 나타나서 말이야."

　백야차의 말에 선생은 바로 노인의 정체를 유추했다.

　"약선님이시군요."

　"약선이라고 부르나? 그 노인네."

　백야차가 뒤로 물러날 정도의 고수면서 노인은 딱 세 명.

　무신, 전신, 그리고 약선이다.

한 명은 청신산가에 있고, 한 명은 쉽게 움직일 수 있는 사람이 아니니 약선일 수밖에.

"그래서 그냥 보내 준 겁니까?"

이주원이 인상을 찌푸리자 백야차가 말했다.

"걱정하지 마. 다시는 안 올 거야. 내 존재를 알고 있는데 또 오겠나?"

그래도 당사자는 불안할 수밖에 없다.

이주원은 미간을 찌푸리며 말했다.

"항상 붙어 계실 것도 아니지 않습니까?"

"그럼 조금 더 죽은 듯 살라고. 그럼 난 퇴근!"

백야차는 미소를 지은 뒤 물러났다.

"하아, 진짜. 나찰들 일 대충 하는 거 알아줘야 한다니까."

"……."

이주원의 불평불만에도 선생은 생각에 잠겨 있었다.

"뭘 그렇게 생각해?"

"이서하는 약관(弱冠)도 되지 않았습니다. 그런데 금수란을 알고 있었죠. 이상하지 않습니까?"

금수란이 한창 활약할 때 이서하는 완전 어린애였을 것이다.

그런데 어떻게 금수란에 대해 저리도 잘 알고 있었을까?

"대단한 정보원이 있다는 것쯤은 알고 있었잖아. 이제 후암도 뒤를 봐주고 있고. 정보력만큼은 이 나라 최상급이라는 것쯤은 예상하고 있지 않았나?"

"하지만 금수란은 후암이든 정보원이든 알 수 없는 정보죠."

"하긴, 그렇긴 하지."

선생은 고개를 갸웃하다 중얼거렸다.

"······이서하는 마치 미래를 알고 있는 것처럼. 그렇게 행동하고 있습니다."

"진지하게 말하는 건가?"

선생이 대답하지 않자 이주원이 웃음을 터트렸다.

"하하하, 차라리 그보다 이서하가 반로환동(反老還童)한 고수라고 보는 게 더 말이 되지 않겠어? 미래를 알고 있다니 그런 말도 안 되는······."

"네, 현실적이진 않죠."

선생은 작게 숨을 내쉬며 찻잔을 들었다.

"하지만 간혹 말이 안 되는 것이 진실일 때도 있더군요. 앞으로는 그렇게 생각하며 작전을 진행해야 할 거 같습니다."

차를 단숨에 들이켠 선생은 씁쓸하게 말했다.

"이서하가 모든 것을 알고 있다는 것을 전제로 말이죠."

실패는 이만하면 됐다.

이제부터는 전제를 바꿔야만 할 것 같았다.

금수란 사건 이후에는 많은 변화가 있었다.

일단 육도검, 이재민이 나를 만나러 왔다.

"난 폐관 수련에 들어갈 생각이다. 들어가기 전에 너에게 감사하다고 말하러 왔다."

이재민은 매우 겸손해진 상태였다.

언제든 암살당할 수 있다는 불안감에 미쳐 살던 그는 강해지는 것 외에는 방법이 없음을 깨닫고 폐관 수련을 결정한 것이다.

"그럼 언제쯤 나오실 생각입니까?"

"내 실력에 자신이 생길 때까지는 해야겠지. 그럼 이만 가 보마. 내 목숨을 살려 준 은혜는 절대 잊지 않고 꼭 갚으마."

나는 말없이 빙긋 웃어 주었다.

육도(六徒)는 어느 정도 재능이 있는 무사들이었다.

하지만 육도검은 경쟁하며 성장하기보다는 안주하는 것을 선택했고 실력은 제자리걸음을 계속했다.

큰 전쟁 없이 간단한 임무만 있는 시대상도 이들의 성장을 늦추는 큰 이유였다.

의도한 것은 아니지만 금수란이 이재민의 열정에 불을 지핀 것만으로도 꽤 큰 수확이다.

'육도검이 내 편이 되면 나머지 육도와의 연결점을 잡기도 쉽고.'

30대 무사들의 핵심축인 육도(六徒)가 전부 신유민 저하를 지지하기 시작하면 또 새로운 구도가 잡힐 것이다.

'나쁘지 않아.'

정치적으로도 꽤 큰 이득을 본 셈이었다.

그렇게 모든 일이 마무리될 때쯤에는 1학기가 끝나고 방학이 시작되었다.

'뭐 했다고 반년이 지나가 버리냐?'

방학 이후에는 성무대전이고, 성무대전 이후에는 거의 바로 무과(武科)다.

그리고 나면 정식 무사가 되어 이제 임무가 시작된다.

'3년이 바람처럼 지나가 버렸네.'

슬슬 자기 자신에 대해 평가를 할 때가 되었다.

나는 과연 얼마나 잘 성장했는가?

'생각보다 잘 성장했으나, 생각보다 더 서둘러야 한다.'

백야차가 벌써 등장했다.

성장 속도는 생각보다 빨랐으나 역사 또한 앞당겨지고 있었다.

'그래도 신유철 전하가 돌아가시기 전까지는 시간이 있지만……'

서둘러서 나쁠 것은 없다.

하지만 이제 곧 내 인생에서 가장 중요한 사건이 일어날 차례다.

"후우. 준비해야지. 준비해야지."

생각을 마친 나는 약선님의 의원에 도착해 안으로 들어가며 물었다.

"안녕하십니까? 약선님."

"그래, 왔느냐? 수업이 밀렸구나. 빨리 시작하자."

"그전에 한 가지 여쭙고 싶은 것이 있습니다."

"그래, 물어보아라."

"폐석증(肺石症) 말입니다. 혹시 치료 방법을 알고 계십니까?"

폐석증(肺石症).

내 어머니의 목숨을 앗아 간 병이었다.

폐석증은 일종의 사형 선고나 다름없다.

'초기에 발견하는 건 불가능하니까.'

폐석증의 경우 발병한 후에도 증상 하나 없다 병이 심각해
질 때 즈음 기침이 시작된다.

보통은 단순한 고뿔이라고 생각하고 대수롭지 않게 넘기지
만 일주일 안에 피를 토하고 숨을 쉬는 것조차 어렵게 된다.

그때부터는 아무리 좋은 약을 복용하고 치료를 받아도 병
세를 늦출 수만 있을 뿐, 치료할 방법은 없다.

현재 이 왕국 내의 지식으로는 말이다.

하지만 회귀 전, 나는 먼 땅에서 폐석증을 치료하는 것을
보았다.

치료제의 이름은 바로 청매소(靑霉素).

서역의 한 의원이 만들어 낸 약품이다.

문제는 이 청매소를 어떻게 만드는지, 또 어디서 구할 수

있는지를 알 수 없다는 것이다.

'사실 어떤 것인지도 잘 모르지…….'

상인이 살짝 설명해 준 것만으로는 그 존재가 어떤 것인지 알 길이 없었다.

그렇기에 일단 약선님에게 질문한 것이다.

혹시나 약선님이 청매소를 사용한 것 외에 폐석증을 치료하는 방법을 알고 있을 수도 모르니 말이다.

"폐석증 말이냐? 창피한 일이지만 폐석증은 아직 방법이 없다. 고통을 덜어 주고 조금이라도 더 연명하는 치료밖에는 말이야."

"그렇습니까?"

"배를 갈라 폐를 확인한 뒤 환부를 도려내는 것도 생각해 봤지만 그것도 불가능하더구나. 폐 전체를 잘라 내야 하는데 그건 뭐 환자를 죽이는 것이나 다름없지."

약선님 또한 폐석증을 치료하기 위해 노력해 보았으나 실패한 모양이다.

'그럼 청매소뿐인가?'

지금부터라도 먼 서역 땅의 그 약을 찾아낼 방도를 찾아봐야 할 것만 같았다.

신유민과 그의 참모 정해우는 차를 나눠 마시며 담화를 나누었다.

두 사람이 주로 나누는 대화는 정치, 경제, 법에 관한 것들이었으나 이번에는 달랐다.

이서하.

누구보다 큰 활약을 하는 작은 친구의 관해서였다.

"이번에 육도검을 이서하가 구했다고 하더군요."

"그래, 맞아. 참으로 대견스러운 일이지."

"그럼 육도가 우리 쪽에 들어올 확률이 높아지겠군요."

"그렇겠지."

무사는 명예와 의리를 목숨으로 생각한다.

육도검 정도 되는 자라면 생명의 은인을 위해 싸울 것이다.

육도검이 합류하면 다른 육도를 설득하기도 쉬울 터.

뛰어난 선인이 한 명이라도 더 필요한 신유민으로서는 두 팔 벌려 환영할 일이었다.

신유민은 빙긋 웃으며 말했다.

"이서하, 그 친구가 생각보다 더 복덩이였어."

시간이 지나며 2차 북대우림 원정 이후로 끝도 모르고 올라가던 이서하의 위상이 잠시 주춤하던 참이었다.

그러나 이번 이재민 암살을 막은 사건으로 다시 이서하의 이름이 들려오기 시작했다.

단 한 번의 활약은 우연으로 치부할 수 있다.

그러나 그 활약이 계속되면 질투는 인정으로, 인정은 존경으로 바뀌게 된다.

그런 의미에서 이서하는 생각보다도 더 잘해 주고 있었다.

자신의 실력이 우연이 아니었음을 빠르게 증명해 주었으니 말이다.

"할아버지의 말대로 남에게 기대니 일이 더 쉬워지는구나."

신유민은 희미하게 미소를 지었다.

세상 그 누구보다 똑똑해진다면 모든 것을 할 수 있으리라 생각했다.

그러나 인간은 한계가 있다.

"자네에게도 많은 도움을 받고 있으니까."

정해우는 빙긋 미소를 짓고는 말을 이어 갔다.

"그런 의미로 한번 자리를 마련해 보시면 어떻겠습니까? 저하의 편에 있는 무사들을 한자리에 모아 친목을 다지고 서로의 정체를 알게 하는 것이 좋을 거 같습니다."

"음, 굳이 그래야 하나? 너무 이를 수도 있는데."

"이제 신태민 측 세력과 비교해 그리 떨어지지 않는 수의 무사들이 모였습니다. 누가 적이고 아군인지를 확인할 때가 되었죠. 이서하가 무과를 치르고 근 시일 내에 선인으로 올라설 것이기에 지금이 적당하다고 생각합니다. 또한 초기 저하를 지지하는 자들이 누구인지를 확인하고 저하가 옥좌에 오를 때 보답하겠다는 것쯤만 말해 놓는 것으로 결속력을 다질 수 있을 겁니다."

아직 신태민이 더 유리할 것이라는 얘기가 도는 와중에도 신유민을 지지한다고 모이는 무사들인 만큼 잘 챙겨야만 했다.

"슬슬 정치를 시작하셔야 합니다."

"그래, 그래야지."

언제나 학자처럼 서재에 틀어박혀 살 수는 없다.

"그럼 이서하도 불러야겠구나."

"……그래야죠."

정해우는 미소와 함께 말했다.

"우리 최고의 전력이니까요."

아직 무과도 통과하지 못한 이서하였으나 그를 인정하지 않을 사람은 적을 것이었다.

지금까지의 활약만으로도 이서하는 이미 신유민의 오른팔이라고 봐도 무방할 정도였으니까.

"그럼 진행하도록 하겠습니다."

이서하의 무과가 다가옴에 따라 본격적인 정치 싸움이 시작되려 하고 있었다.

◆ ◈ ◆

방학은 빠르게 지나갔고 난 친구들과 함께 2학기를 맞이했다.

"곧 있으면 무과네."

3학년들의 관심사는 단 두 개뿐.

성무대전과 무과뿐이었다.

하지만 나는 그 두 개보다도 청매소(靑霉素)에 대한 생각을 할 수밖에 없었다.

'서역의 상인들이 가끔 들어온다. 거기에 청매소가 있을까?'

청매소를 처음 발견했던 것은 서역과 제국을 잇는 교역로였다.

신이 준 선물이라고 불리던 그 약품은 아주 고가에 거래가 되었다.

보관 방법이 까다롭다고는 들었으나 교역로에 가지고 나올 정도라면 이 나라에도 몇 개는 들어오지 않을까?

'서역의 상인들이 들어오는 시기는 1월에서 3월 사이인데.'

서역의 상인들은 모두 십시일반으로 돈을 모아 호위를 고용해 들어온다.

희귀하고 비싼 물건을 가지고 오는 만큼 도적들의 목표가 되기 쉽기 때문이다.

'그리고 이 시기에 들어오던 상인들은 대부분 습격을 당해 죽었지.'

도적단인지, 암부인지, 아니면 어떤 세력에서 습격하는 것인지는 몰라도 이 시기 서역의 상인들은 계속해서 습격을 받아 큰 손해를 입는다.

그 때문에 겁에 질린 서역의 상인들이 오지 않아 교역이 막히기 시작했던 걸로 기억한다.

'당장 내년에 들어오는 상인들부터 알아봐야겠네.'

혹시나 청매소를 가지고 들어온다면 무슨 일이 있어도 이들을 지켜야만 한다.

그렇게 생각할 때 상혁이가 내 등을 쳤다.

"……야, 무슨 생각을 그렇게 골똘히 해?"

"어? 아니야. 뭐 물어봤어?"

"성무대전은 어떻게 할 거냐고. 이번에도 참가할 거야? 너 참가하면 난 안 하려고."

"참가는 해야지."

국왕 전하에게 소원을 빌 기회인데 그걸 버릴 수는 없지 않은가.

괜히 한영수 같은 놈이 우승하는 것보다는 훨씬 나으리라.

"그래? 그럼 나는 그냥 포기해야겠네."

"이번에는 네가 이길 수도 있을걸?"

"에이……."

상혁이는 손사래를 쳤다.

진심으로 말한 건데 말이다.

"당연히 내가 이기지. 근데 너랑 싸우고 나면 너무 힘들더라고. 저번에는 팔도 부러지고. 그래서 싫어."

"당연히 이긴다고?"

"내 실력이 작년과 같다고 생각하지 마라. 동생아."

"언제는 내가 형님 아니었냐?"

"그때그때 바뀌는 거지. 왜? 참가해서 한번 혈전(血戰)을 벌여 봐?"

"그래, 그냥 네가 형님 하고 참가하지 마라. 올해도 내가 우승하게."

"그럴 거면서 강한 척은. 크크크."

상혁이 녀석은 빙긋 웃었다. 그러자 옆에 있던 주지율이 입을 열었다.

"아, 그런데 이번에는 나도 참가할 생각이야."

주지율이 참가한다는 것은 좀 의외였다.

1학년 때는 상혁이게 패배해 탈락했었고 2학년 때는 실력의 차이를 알기에 도전조차 하지 않은 그였다.

누구보다 냉정하게 자신의 실력을 판단할 줄 아는 주지율이 참가한다는 건 어느 정도 실력에 자신이 붙었다는 소리였다.

"오, 실력 좀 볼 수 있는 거야?"

"구룡창법(九龍槍法)의 아홉 초식을 5만 번씩은 연습했으니 어느 정도 위력인지 시험해 보고 싶어서."

"……5만 번씩?"

"응."

그걸 세면서 한 게 더 신기하다.

하루에 1,000번씩 한다고 해도 아홉 초식이니 400일은 걸리는 일인데 그걸 1년 만에 했다는 말인가?

말이 1,000번이지 초식 하나를 제대로 펼치기 위해서는 상당한 집중력이 필요하다.

그냥 휙휙 창을 휘두르는 것이 아니니 말이다.

도대체 얼마나 열심히 한 거야?

원래 무식할 정도로 열심히 하는 친구였지만 말이다.

그때 아린이가 옆에서 말했다.

"나도 참가할 생각이었는데 그냥 하지 말까? 빌고 싶은 소원이 있었는데……."

아린이도 참가한다고?

순간 상혁이의 눈이 흔들렸다.

"그럼 나도 참가할까? 4강을 우리로만 채우는 것도 나쁘지 않을 거 같은데. 재밌을 거 같기도 하고."

……그냥 우승 포기하자.

어차피 꼭 빌어야만 하는 소원도 없었는데 말이다.

그때였다.

한 무사가 식당 안으로 들어와 두리번거리더니 나에게로 다가왔다.

"이서하 도련님. 신유민 저하께서 보내서 왔습니다. 잠시 대화할 수 있으십니까?"

"네, 물론이죠. 갔다 올게."

무사는 나에게 편지 한 통을 건네며 말했다.

"편지 안에 쓰여 있는 시간에 만나자고 하십니다. 장소 또한 적혀 있을 것입니다."

"알겠습니다."

"그럼 저는 가 보겠습니다."

편지에는 신유민의 도장과 같은 모양의 봉랍(封蠟)이 찍혀 있었다.

안에는 약속 시간과 장소가 나타나 있었다.

오늘 축시(오전 1시)에 모이자는 것.

일종의 밀담(密談)이었다.

'슬슬 신하들을 하나로 모으는구나.'

언젠가는 이런 날이 올 줄 알았다.

현재 신유민을 지지하는 이들은 서로의 정체를 모르고 있었다.

대놓고 신유민과 친하게 지내는 나나 몇몇 신하들을 제외하고는 은밀하게 저하와 접촉하며 때를 기다리고 있었다.

하지만 언제까지 서로의 정체를 모른 채 활동할 수는 없는 법.

나 또한 곧 정식 무사가 될 테니 슬슬 누가 아군이고 누가 적군인지를 알 필요가 있었다.

"머리 아픈 일이 많겠네."

정치는 싫은데 말이다.

어쩌겠는가?

안 하면 다 죽을 뿐이니 해낼 수밖에.

◆ ◈ ◆

축시(丑時), 수도의 외곽에 자리 잡은 빈 저택으로 무사들이 하나둘 입장했다.

내가 도착했을 때 즈음에는 안에는 약 20명 정도의 무사들이 이미 도착해 있었다.

반 정도는 50대가 넘은 선인들이었고 나머지 반은 30대 중반의 젊은 선인들이었다.

그중에는 내가 아는 얼굴도 있었다.

"서하야. 오랜만이구나."

이진수.

과거 박성진의 원정대, 거도대에서 부대장을 하던 인물이었다.

"부대장님. 선인이 되신 겁니까?"

"그럼, 열심히 했지. 백의일 뿐이지만 그래도 이런 자리에 초대받을 정도의 입지는 쌓았다. 네 힘이 될 수 있도록."

원정대가 몰살당한 뒤에는 선인 시험을 보겠다고 했었는데 진짜로 해낸 모양이다.

이진수가 나에게 인사한 후로 몇몇 젊은 무사들이 인사를 건네 왔다.

대부분 나에게는 호의적이었다.

아무리 내가 이름을 좀 날렸다고 하더라도 10년도 더 선배이자 선인인 이들이 먼저 인사해 올 정도는 아닌데 말이다.

고민할 것도 없이 이들이 호의적인 이유를 바로 알 수 있었다.

"재민이에게 말을 많이 들었다. 아주 실력이 좋다고 하더구나."

육도검, 이재민.

그가 벌써 나에 대한 말을 동료들에게 한 모양이다.

그래도 은혜를 아는 인물이라 다행이다.

별다른 기록 없이 죽어·버린 인물이라 그를 살리는 것이 좋은 일일지, 나쁜 일일지 알 수 없었는데 말이야.

그리고 마지막으로 한 남자가 다가와 인사를 건넸다.

"반갑다. 난 백의선인 고연수라고 한다."

고연수?

난 고개를 갸웃했다.

분명 어디선가 많이 들었던 이름이었다.

어디서 들었더라?

그렇게 생각하고 있자 고연수가 머쓱하게 고개를 갸웃했다.

"왜 그러지?"

"아, 아닙니다. 반갑습니다. 이서하입니다."

"같은 배를 탔으니 잘해 보자."

"네."

같은 배를 탔다.

이 말에 고연수가 기억났다.

그는 훗날 정3품 병마절도사까지 올라간다.

한 도(道)의 모든 육군을 지휘하는 직책.

내가 회귀하기 전 세상에서 고연수는 변변찮은 집안에서 태어나 그런 높은 자리까지 올라가는 능력자였다.

그 뜻이 무엇이겠는가?

바로 고연수가 신태민의 사람이라는 것이다.

그것도 아주 큰 공을 세운.

'신태민의 사람이 도대체 왜 여기 와 있는 거지?'

처음부터 의도하고 잠입한 것인가? 아니면 순수하게 신유민 저하를 지지하다 변절한 것인가?

하지만 한 가지는 확실하다.

고연수는 배신자.

신태민의 사람이다.

무사들은 서로 아는 사람들끼리 모여 이야기를 나누었다.

비밀 모임이라는 특수성이 처음 본 사람끼리라도 끈끈한 유대감을 가지게 만들었다.

뒤이어 신유민 저하가 들어와 말했다.

"모두들 환영한다. 나를 위해 이 늦은 시간에 모여 준 것에 감사한다. 너희들의 충성심을 절대로 잊지 않으마."

그것만으로도 충분했다.

모두가 목표로 하는 것은 같기에 대화도 잘 통하는 것만 같 았다.

그런 와중에 나는 신유민 저하의 책사에게로 찾아갔다.

맨 처음 신유민 저하를 만났을 때 함께 있던 문관이다.

"안녕하십니까. 아직 제대로 통성명도 못 했네요. 이서하 입니다."

"정해우라고 합니다."

정해우는 빙긋 웃고는 무사들에게로 시선을 옮겼다.

"덕분에 많은 무사님들이 모였습니다."

"나이 드신 분들은 제 영향이 아니지 않습니까?"

노(老)무사들이 이곳에 모인 이유는 신유철 국왕 전하의 입김 때문이었다.

"하지만 젊은 무사들은 대부분 이서하 무사님 덕분이죠."

"과찬이십니다. 모두 신유민 저하의 인품 덕분이죠."

사실 정해우의 말대로 내 덕이 있긴 하다.

당장 이진수부터, 이 자리에 없는 강무성, 최효정만 하더라 도 내가 끌고 들어온 셈이니까.

하지만 겸손하게 뒤로 빠질 줄 알아야만 한다.

한 세력이 붕괴되는 이유는 세력 안의 세력이 생기기 때문 이다. 처세를 잘못하면 이서하 세력과 반(反)이서하 세력이 생길 위험이 있다.

어디까지나 주인공은 신유민 저하.

그걸 잊지 말자.

그렇게 대충 통성명을 한 뒤 난 본론으로 들어갔다.

"그런데 말입니다. 저기 저분은 언제 합류하신 겁니까?"

"고연수 선인님 말입니까?"

정해우는 잠시 생각에 잠겼다.

신유민 저하가 아니라 정해우에게 물어본 이유는 간단하다.

냉정하게 말해 신유민 저하는 정치를 하는 사람이 아니다.

그런 그가 발품 팔아 선인들을 자기편으로 끌어들였을 리
는 없지 않은가.

아마 내가 모르는 선인들은 모두 정해우의 작품일 것이다.

"먼저 저를 찾아오셨었습니다. 자기를 써 줄 생각이 없냐
면서 말이죠."

"왜 그랬을까요? 냉정하게 말해 선인들, 특히 30대의 선인
들은 신태민 세력이 더 매력적일 텐데요."

신유민 저하는 특별히 선인들을 잘 챙기는 유형의 지도자
가 아니었다.

그에 비해 신태민은 어떤가?

자신을 지지하는 선인들을 매일같이 챙기며 같이 임무도
나가고, 연회도 열며 친목을 도모하지 않던가.

젊은 선인들에게는 고리타분한 신유민보다 온몸으로 부

하들을 아끼고 있음을 표현하는 신태민이 더 나을 수밖에 없었다.

정해우도 내 말뜻을 이해한 듯 고개를 끄덕였다.

"네, 그래서 조금 의아했습니다. 하지만 이야기를 들어 보니 이해가 되더군요. 고연수 선인님은 평민 출신입니다. 특이하게도 홀로 무공서를 보고 수련한 경우더군요. 엄청난 재능이죠. 그래서인지 문파도 없고 사형제도 없습니다."

"그럼 무사 생활이 꽤 힘들겠네요."

"네, 바로 맞히셨습니다."

무사들에 있어서 학연, 지연, 혈연은 매우 큰 부분을 차지했다.

학연은 같은 학관을 졸업한 이들.

지연은 같은 가문에서 수련받은 이들.

혈연은 말 그대로 친척들을 뜻한다.

평민이며, 졸업한 학관도 없고, 어느 가문에 속해 있지도 않은 고연수는 그 어떤 모임에도 들어갈 수 없었을 터.

"고연수 선인은 사실상 어디에도 낄 수 없는 존재입니다. 그러니 학연, 지연, 혈연으로 똘똘 뭉친 신태민 세력보다 아무것도 묻고 따지지 않는 신유민 저하 쪽이 너 낫다고 생각했겠죠."

"거기에 일이 잘 풀리면 처음부터 신유민 저하를 지지한 이 당파(黨派)에 속할 수 있을 테고요."

"바로 그렇게 생각했을 겁니다. 그에게도 연줄이 생기는 셈이죠. 그리고 저에게 자신의 목적을 솔직하게 말하더군요. 모든 사람이 능력껏 출세할 수 있는 세상을 만들어 달라고요."

신유민 저하가 원하는 세상이 바로 그런 세상이었다.

하지만 불가능할 것이다.

막말로 신유민 저하가 원하는 공화제가 자리를 잡은 국가에서도 학연, 지연, 혈연은 만연했으니까.

그래도 희망을 부술 생각은 없다.

혹시 아는가.

정말로 신유민 저하가 지상 낙원을 만들어 줄지.

'난 회의적이지만……'

적어도 목표가 있으니 왕이 된 후 폭군이 되어 버리는 신태민보다는 나으리라.

'그나저나……'

더 헷갈리기 시작한다.

고연수.

처음부터 세작으로 들어온 것인지, 아니면 중간에 생각을 바꾸어 배신한 것인지.

'전자라면 지금부터 조심해야 하고, 후자라면 배신을 막을 수 있을 텐데.'

일단 후암을 붙여 놓는 수밖에 없다.

그렇게 긴장감 속에서 첫 밀담이 끝이 났다.

◆ ◆ ◆

밀담이 끝나고 다음 날.

자신의 집으로 돌아온 고연수는 출근 준비를 하며 중얼거렸다.

"생각보다 사람이 많았지."

노(老)무사들은 그렇다 치더라도 젊은 선인들도 10명이나 되었다.

물론 그 질은 신태민의 세력에 비하면 낮다.

하지만 오지 않은 선인들도 많다는 것으로 보아 언제든 그 생각은 바뀔 수도 있었다.

'그리고 이서하…….'

참모 옆에 서서 자신을 노려보던 어린 무사가 떠올랐다.

2년 전이라면 어린애라고 웃고 넘겼을 테지만 지금은 절대로 우습게 볼 수 없는 인물이었다.

'육도검 이재민도 인정했지.'

사실, 천우진을 베었다고 할 때만 하더라도 의아한 점이 많았다.

어차피 강무성과 처효정을 비롯한 나른 선인들이 깔아 놓은 판에서 마지막 일격을 날렸을 뿐 아니냐?

신유민 전하에게 힘을 실어 주기 위한 흔한 영웅 만들기 전략이 아니겠느냐?

그런 말들이 선인들 사이에서 오갔다.

아무리 이서하의 재능이 진짜라고 하더라도 약관도 안 된 나이에 천우진 정도 되는 고수와의 싸움에서 활약할 수 있으리라고는 생각할 수 없었으니 말이다.

'하지만 이재민까지 극찬을 했다면 어느 정도의 실력은 있을 터.'

거기에 통찰력과 정보력만큼은 인정할 수밖에 없었다.

어디를 가더라도 생존은 물론 눈에 띄는 활약을 해내고 있었으니 말이다.

'이진수도 아주 극찬을 했었지.'

이제 막 백의를 입은 별 볼 일 없는 무사였지만 이서하를 향한 그의 충성심은 진짜였다.

사람을 끌어당기는 매력도 갖췄다고 보는 게 맞다.

'조심하자.'

조금 더 행동에 신중을 기해야만 했다.

그렇게 옷을 차려입고 궁에 들어가자 한 남자가 다가와 말했다.

"오, 고 선인. 이제 출근하나?"

"네, 선인님."

신태민 세력의 사람이었다. 밝게 웃은 그가 고연수의 어깨를 털며 말했다.

"그래, 그래. 일은 잘되고 있지?"

"물론입니다."

"오래 이야기하면 의심받으니 이만 가 보겠네. 기대하고 있어."

"네. 걱정하지 마십시오."

"그래."

신태민 측의 선인이 멀어지고 고연수는 작게 한숨을 내쉬었다.

서하의 예상대로 고연수는 이미 신태민 측의 사람이었다.

그 어떤 연줄도 없는 고연수가 그나마 출세하는 길은 신태민, 신유민 둘 중 한 왕자에게 딱 달라붙어 공을 세우는 방법밖에 없었으니 말이다.

젊은 선인들을 좋아하는 신태민은 고연수를 환영했고 그나마 어딘가에 소속된 기분이 들었다.

그때 허남재가 고연수에게 한 가지를 제안했다.

"세작(細作) 역할을 하는 건 어떻습니까?"

처음에는 내키지 않았다.

명예만을 생각하는 무사가 세작 역할을 해야 한다니. 하지만 허남재는 끈질기게 고연수를 설득했다.

"고 선인님에게는 동기가 있습니다. 아무 연줄도 없는 선인님이 출세를 위해 상대적 약소 세력인 신유민 저하를 지지하는 건 이상한 일이 아닙니다. 그리고 대의가 있다는 걸 보여 주십시오. 뭐 평민 출신도 차별받지 않는 그런 사회를 보여 달라고 말입니다. 그럼 그쪽에서도 의심 없이 받아 줄 겁니다."

"……그렇게 해서 제가 얻는 것은 무엇입니까?"

"일이 성공하면 일등공신(一等功臣)으로 올려 드리죠."

그 순간 고연수의 눈이 부릅떠졌다.

일등공신(一等功臣).

왕을 만든 신하가 되는 것이다.

만약 신태민이 왕좌를 차지하게 된다면 최소 병마절도사 정도의 관직은 받을 수 있을 것.

누가 뒤에서 손가락질 좀 하면 어떤가?

일등공신을 욕하는 것은 그가 모시는 주인을 욕하는 것과 같다.

이 나라의 기둥이 될 수 있다.

평민 출신으로는 색의(色衣)도 입기 힘들다는 것을 생각한 다면 파격적인 인사였다.

"제가 뭘 하면 되겠습니까?"

"간단합니다. 신유민 저하를 지지하는 무사들의 신상 정보를 알아내 저에게 주시면 됩니다. 일등공신이 되실 만큼 중요한 일입니다. 정확하게 알아내어 보고해 주십시오."

"그걸로 끝입니까?"

"네, 중요한 겁니다. 중간중간 제가 알아야 할 정보가 있다면 그것도 연락을 주시고요. 하시겠습니까? 만약 하시지 않겠다면 다른 사람을 찾아봐야 합니다. 빨리 답을 주시지요."

"하죠. 하겠습니다."

고연수는 즉답했다.

사람은 살면서 세 번의 기회를 마주한다고 한다.

이것이 그 세 번 중 한 번임이 분명했다.

과거를 회상하던 고연수는 깊은 생각에 잠겼다.

'신유민이 나을 수도 있다.'

고연수가 만나 본 신유민은 신태민과 완전 다른 느낌이었다.

야망이 아니라 대의가 있는 느낌이었다.

정말로 모든 차별을 없앨 수 있을까?

신유철 국왕 전하가 언제 타계하실지는 모르겠으나 그것이 언제가 되든 신유민은 젊은 국왕이 될 것이다.

'장수한다면 한 50년은 통치하시겠지.'

그 50년으로 모든 것을 바꿀 수 있을까?

그렇게 생각할 때 즈음 회의실에 도착한 고연수는 문을 열고 안으로 들어갔다.

안에는 공동 작전을 펼칠 두 선인이 자리 잡고 있었다.

"오셨습니까. 고 선인. 늦으셨네요."

"약속 시간은 정확하게 맞췄습니다만."

고연수가 대수롭지 않게 말하자 나이가 있는 선인이 얼굴을 굳히며 말했다.

이번 작전의 총지휘를 맡은 홍의선인이었다.

"나보다 빨리 오지 못하면 늦은 거다. 어느 곳에서 상급자

보다 하급자가 더 늦게 오나?"

"죄송합니다."

고연수는 더 변명하지 않고 자리에 앉았다.

변명해 봤자 서로 사이만 나빠진다.

그렇게 작전 개요가 시작되고 고연수 또래의 선인이 의견을 내기 시작했다.

"세 원정대가 흩어져 돌입하는 것이 좋을 거 같습니다. 중앙, 우측, 좌측으로 나뉘어 토벌해 정상에서 만나는 것은 어떻습니까?"

"그래, 그편이 일을 빠르게 진행할 수 있겠지."

대군의(大軍蟻) 토벌 작전.

천마산에서 토벌 작전에 실패한 적이 있어 이번에는 세 원정대가 함께 가는 것이었다.

고연수는 가만히 듣고 있다가 말했다.

"대군의의 정확한 숫자는 알 수 없었습니까? 전보다 더 많아졌을 거 같은데요."

"정확한 숫자를 알 수 없는 마수지. 하지만 고작 개미들 아닌가?"

각 개체로만 보자면 대군의는 그리 강한 마수가 아니었다.

하지만 무리를 지으면 말이 다르다.

"대군의는 똑똑합니다. 각개 격파를 빠르게 해내면 모를까 하나로 뭉쳐 움직이기 시작하면 한 개의 원정대로는 위험할 수 있습니다."

타당한 지적이었으나 홍의선인은 작게 한숨을 내쉬었다.

"하아, 그러니 빠르게 각개 격파하자는 것 아니냐? 네가 학관에서 전술을 배우지 못해 모르나 본데 우리가 뭉치면 대군의도 필연적으로 뭉치게 된다. 그럼 토벌 시간도 오래 걸리고 무사들 사이에서 불만도 터져 나오겠지. 안전하게 하는 건 좋지만 안전하게 하기 위해 들어가는 비용도 생각해야 할 것 아니냐?"

"이미 한 번 토벌에 실패했던 곳이기에 조금은 조심……."

"아, 진짜……."

백의선인은 머리를 긁적였다.

"그건 10명짜리 원정대가 가서 실패한 거고 우리 원정대는 다 20명이 넘는데 그런 걱정을 왜 해? 쓸데없는 걱정 말고 시키는 대로나 잘해. 알았어?"

고연수는 작게 숨을 내쉬었다.

항상 이런 식이다.

저 두 사람은 같은 학관 출신.

평민 따위가 말을 섞을 수 있는 상대가 아니었다.

"알겠습니다. 그럼 그렇게 알고 준비하겠습니다."

"그래, 한번 제대로 해 보자고."

회의가 끝나고 고연수는 가만히 앉아 하늘을 바라보았다.

"씨발, 좆같네."

이런 식이라면 능력만으로는 절대로 색의를 입을 수 없다.

그전에 죽거나, 죽지 않더라도 모든 공은 다른 이들이 채 갈 것이다.

삼삼오오 모두가 같은 줄을 잡고 올라갈 때 고연수는 혼자 밑에 남아 있어야만 할 것이다.

'더 확실한 방법은 무엇일까?'

나라를 바꾸는 것이 빠를까? 아니면 신태민 밑에서 출세한 뒤 같은 평민 출신을 끌어 주는 것이 빠를까?

의외로 결론은 빨리 났다.

'내가 제대로 일만 한다면 신태민 저하가 무조건 이길 것이다.'

신유민 편에 선다고 꼭 승리하리라는 법도 없고, 승리하더라도 나라가 바뀐다는 보장도 없다.

그렇다면 확실한 방법을 사용해야 한다.

'일단 나부터 올라가자.'

위에서 평민들을 위한 줄이 되어 주자.

고연수는 생각을 마치고 자리에서 일어나 움직이기 시작했다.

그리고 그런 그를 전가은이 멀리서 바라보고 있었다.

밀담 이후 며칠이 지났다.

나는 고연수에게 전가은을 붙여 놓는 것 말고는 그 어떤 행동도 취하지 않았다.

아니, 취할 수 없는 것이 맞다.

'괜히 의심했다가 역공 맞을 수 있으니까.'

아직 고연수는 아무런 행동을 보이지 않았다.

근거도 없이 고연수를 의심했다가는 역으로 내가 이상한 사람처럼 보이게 된다.

'현행범으로 잡는 게 최고인데.'

그게 언제인지 알 수가 있어야 말이지.

역사의 큰 줄기는 변하지 않았다고 하더라도 세세한 것은 전부 뒤죽박죽이 되어 버렸으니 말이다.

'일단 상황을 지켜보자.'

아직 고연수가 배신자인지, 아니면 어떠한 계기로 배신하게 되는지도 확실하지 않은 이 시점에서는 조심할 필요가 있다.

그러는 와중에도 시간은 지나 수확제가 찾아왔다.

"이번 성무대전도 재밌겠군. 누가 우승할 거 같은가?"

"저번 결승을 보면 청신의 이서하가 유력하지 않을까?"

"에이, 내가 봤을 때는 한상혁이야. 그 친구가 더 재능이 있어 보이더군."

난 가족들이 오는 것을 기다리며 저 멀리서 수다를 떠는 무사들을 바라봤다.

모두의 관심은 성무대전으로 쏠려 있었다.

이번 졸업반은 엄청나다는 소문이 전국에 퍼진 상태였고

나와 상혁이의 대결을 보기 위해 수많은 인파가 몰려들었다.

내 옆에 있던 강무성은 감개무량한 듯 손님들이 몰려오는 것을 바라보다 얼굴을 쓸어내렸다.

"하아, 감격스럽구나."

"제자들이 이렇게 유명해져서요?"

"아니, 내년이면 다시 군 복귀잖냐. 널 수석으로 올리고 받은 징계가 이제야 풀리는 셈이지."

"에이, 그래도 저랑 같이 성무학관 다니면서 좋은 일도 많지 않으셨습니까? 예를 들면……."

"무성아! 여기서 뭐 해? 할 일이 산더미인데!"

호랑이도 제 말 하면 온다더니 최효정이 달려왔다.

나는 헤벌쭉 웃으며 최효정의 손에 끌려가는 강무성을 바라보다 고개를 끄덕였다.

"저런 거 말입니다."

내 말은 못 들은 것만 같다.

나는 조금 더 남아 손님들을 기다렸다.

성무대전도 성무대전이지만 일 년에 한 번 국왕 전하에게 인사를 드리는 날인 만큼 모든 대가문의 사람들이 모여들었다.

나는 항상 그랬듯 청신가(家)의 사람들과 인사를 나눈 뒤 다시 성무학관으로 돌아와 대진표를 확인했다.

"다행히도 8강에서 만나지는 않네."

나와 상혁이, 아린이, 그리고 지율이까지 전부 따로따로 떨어졌다.

참가한 인원은 총 8명.

마지막인 만큼 한영수도 참가했으며 무엇보다 2학년으로 올라온 김준성도 참가했다.

'김준성이라면…….'

주지율을 협박하던 그 버릇없는 1학년이었다.

분명 태인(泰仁) 가문이었던 것으로 기억한다.

'호오, 겁도 없이 참가했네.'

하지만 재수 없게도 8강에서 나를 만났다.

'흐음, 너무 빨리 끝내는 건 좀 그렇겠지?'

그래도 사람들 앞에서 대회를 치르는 건데 단칼에 보내 버리면 너무 불쌍하다.

심성이 착한 놈은 아니었으나 수치심은 모두가 가지고 있는 만큼 적당히 봐주도록 하자.

'적어도 실력은 좀 보여 줄 수 있게 배려해 줘야지.'

이게 바로 연장자의 여유라는 것이 아닐까.

그때 뒤에서 김준성의 패거리가 지나가며 떠드는 소리가 들렸다.

"대진이 너무 안 좋은 거 아니야? 이서하 선배님이랑 한상혁 선배님 결승전 봤잖아. 그때 그 실력 그대로여도 힘들 거 같은데."

김준성의 친구로 보이는 놈이 말했다.

이름이 분명 김시우라고 했던 것만 같다.

이 위대한 기억력. 난 이렇게 후배를 잘 기억해 주는 좋은 선배다.

그때 김준성이 말했다.

"어차피 같은 인간이야. 못 이길 것도 없지. 나한테 필승의 전략이 있어."

호오.

꽤 자신 있게 말한다.

내 명성과 실력을 보고도 저렇게 말할 수 있는 걸 보면 진짜로 대단한 작전이 있을 수도 있다는 생각이 들었다.

하지만 이런 말이 있다.

누구나 그럴싸한 계획을 갖고 있다.

처맞기 전까지는.

"그래도 이서하 선배님은 너무 강하지 않나?"

"그러니까 재밌는 거지. 잘 봐라. 내가 그놈을 이기고 새로운 신성(新星)이 될 테니."

……

이거 아무래도 자기 주제를 알게 해 줘야 할 것만 같다.

저런 근거 없는 자만심을 가지고 임무에 나가면 바로 목숨을 잃을 수도 있으니 말이다.

현실을 가르쳐 주는 것도 좋은 선배가 해야 할 일이 아니겠는가?

암, 그렇고말고.

워낙 폐급 쓰레기 같은 선임들을 많이 만나다 보니 난 언제나 좋은 선배가 되기 위해 노력했다.

'성무대전이 기다려지네.'

모두가 기대하는 수확제가 점점 다가오고 있었다.

수확제가 시작되고 먼저 소성무대전이 시작되었다.

소성무대전은 어느 때보다도 치열했다.

'이번 1학년들은 수준이 높네.'

내 학년에 몇몇 규격 외의 괴물들이 숨어 있다면 1학년들은 전체적으로 수준이 매우 높았다.

'원래는 내 세대가 저주받은 세대였고 저 1학년의 세대가 진정한 황금세대라고 불렸었지.'

원래의 역사대로라면 아린이는 폭주해 도시 하나를 초토화시킨 후 사라지고, 상혁이는 입학조차 불가능하며, 박민아는 퇴학, 주지율은 임무 중 사망이었으니 말이다.

쭉 나열해 보고 나니까 정말 많은 것들이 바뀐 것만 같은 기분이다.

'저 1학년들 중에도 쓸 만한 애들이 좀 있지.'

무과에 합격한 후에 하나둘 찾아보도록 하자.

그렇게 치열했던 소성무대전이 끝나고 대성무대전이 시작되었다.

첫 번째 주자는 나였다.

"자! 기다리고 기다리던 대(大)성무대전! 이번 우승은 청신의 이서하인가? 은악의 한상혁인가? 그도 아니라면 새롭게 모습을 드러낸 화강의 고수 유아린인가!"

사회자가 바람을 잡기 시작했다.

사방에서 북소리와 징이 울려 퍼졌다.

나와 상혁이의 경쟁 구도를 이용해 제대로 한번 벌어 보겠다는 생각인 것만 같았다.

뭐, 모두가 즐거워한다면 별로 나쁜 일도 아니니 그냥 즐겨 보자.

"그럼 먼저 현 성무대전 최강의 우승 후보 청신의 이서하 대 도전자 2학년 수석 김준성의 경기부터 만나 보시겠습니다!"

발성 좋은 사회가 외치고 나는 무대 위로 올라갔다.

할아버지는 오지도 않았다.

내가 질 리가 없다고 생각하신 것만 같다.

그래도 저 앞에서 손을 흔드는 아버지가 보였다.

아버지는 큰 목소리로 외쳤다.

"다치지 않게 조심해라."

난 고개를 끄덕인 뒤 엄지를 들어 보여 주었다.

그건 상대에게 말해야 할 것만 같은데 말이다.

이윽고 반대편에서 김준성이 걸어 올라왔다.

"오랜만입니다. 선배님."

아무래도 대진표 확인할 때 나를 발견하지 못한 모양이다.

"김준성! 김준성! 김준성!"

태인가(家)의 사람들이 김준성을 열심히 응원하고 있었다.

아이고 점점 미안해지기 시작한다.

그래도 어쩔 수 없지.

"잘 부탁합니다."

"그래, 서로 정정당당하게 해보자."

인사를 나눈 나는 적당히 물러나 김준성을 살폈다.

이윽고 사회자가 외쳤다.

"그럼 시작하겠습니다!"

◆ ◈ ◆

김준성은 대성무대전을 위해 많은 것을 준비했다.

대성무대전의 룰은 간단하다.

일대일로 서로의 무공을 겨루는 것.

일시적으로 실력을 끌어올릴 수 있는 비약, 혹은 독 같은 것만 아니라면 어떤 무기를 사용하더라도 상관이 없다는 것이었다.

그렇기에 김준성은 연막탄을 준비해 왔다.

'일단 시야를 가린다.'

상대가 당황해하며 연막에서 빠져나올 때 몰아붙여 제압한다.

'물론 쉽지는 않겠지.'

이서하의 실력은 작년 대성무대전 결승을 통해 잘 알고 있었다.

솔직히 말해 선인들끼리의 비무라고 해도 믿을 정도였다.

'아무리 열심히 해도 이기긴 힘들 거다.'

하지만 몇 합만 주고받아도 자신의 위상은 하늘로 솟아오를 것이었다.

'이기지 못하더라도 어느 정도 내가 밀어붙이는 장면만 연출하면 된다.'

그것만으로도 충분하다.

이서하를 싫어하는 이들은 자신의 활약을 더 부풀려 소문내 줄 테니 말이다.

'선배님 명성은 제가 잘 이용해 먹겠습니다.'

그와 동시에 사회자가 외쳤다.

"그럼 시작하겠습니다!"

시작과 동시에 김준성은 품에서 바로 연막탄을 꺼냈다.

그런데 그 순간이었다.

이서하가 검도 뽑지 않은 채 달려와 주먹으로 김준성의 턱을 후려쳤다.

퍽! 하는 소리와 함께 김준성이 날아갔고 태인 측 관중석은 그대로 침묵에 빠졌다.

저 멀리 날아가 꿈틀거리는 김준성.

한 방에 기절한 것이었다.

"……."

사회자는 가만히 김준성의 상태를 보다가 외쳤다.

"승자는 역시 이 사람! 이서하입니다!"

장내에는 환호성과 웃음이 가득했다.

Chapter 41.

"뭔가 준비해 오긴 한 거 같은데⋯⋯."

너무 빨리 끝냈나?

뭘 준비했는지는 볼 걸 그랬나? 갑자기 궁금해지는데 말이다.

어쨌거나 이제 저놈도 실력 없이 꼼수나 부리다가는 진짜

강자에게 목숨을 잃을 수 있다는 진리를 깨달았을 것이다.

그런 중요한 가르침을 공짜로 주다니.

난 참 좋은 선배인 것만 같다.

대성무대전 8강은 순식간에 끝이 났다.

2차전은 한영수와 한상혁의 형제 대결.

결과는 역시나 한상혁의 승리로 끝이 났다.

한영수는 의외로 정정당당하게 싸웠고 패배 후에도 군말
이 없었다.

'의외네. 이번에도 몰래 비약이라도 먹을 줄 알았는데.'

마지막 성무대전인 만큼 뭔가를 할 줄 알았는데 말이다.

주지율과 아린이 또한 쉽게 승리를 가져갔다.

그렇게 다음 대진.

나와 주지율이 대결하고 아린이와 상혁이가 대련했다.

상혁이는 대진이 나오자마자 절규했다.

"아! 왜 아린이야!"

"나나 지율이는 괜찮다는 거냐?"

"아린이랑 싸우는 거 완전히 부담된다고. 진지하면 진지한
대로 부담스럽고, 대충하면 또 대충한다고 엄청 욕할 테고."

"아린이가 욕을 해?"

"……넌 못 들어 봤구나? 내가 아는 사람 중에 가장 독설가야."

그 정도였나?

그때 아린이가 말했다.

"뭔가 오해 살 만한 말은 하지 말아 줄래? 난 한 번도 욕한
적 없어."

"네! 그렇습니다! 한 번도 하신 적 없습니다!"

상혁이가 화들짝 놀라며 대답하는 모습이 마치 상급자 뒷
담화하다 걸린 무사들 같았다.

"똑바로 준비해 와, 한상혁. 봐주거나 그러면 목을 비틀어

버릴 테니까."

"여부가 있겠습니까? 열심히 하겠습니다."

목을 비틀어 버린다니.

살벌하네.

무표정하게 상혁이를 협박(?)한 아린이는 표정을 바꾸며 나에게 말했다.

"서하야, 오늘 혹시 시간 있어? 가족들이랑 만나는 거 아니면 같이 저녁이라도 먹을까?"

"아버지랑 같이 먹기로 하긴 했는데. 너도 같이 가자."

"응! 그럼 빨리 준비해서 나올게."

아린이가 사라지고 상혁이는 한숨과 함께 숙소로 향했다.

도대체 저 둘은 뭔 일이 있었길래 저런 사이가 된 것일까?

그렇게 홀로 남은 나는 주변을 육감으로 살피다 말했다.

"전가은 씨. 제가 부탁한 일은 어떻게 됐습니까?"

내 말에 전가은이 나타나 말했다.

"고연수는 현재 천마산 임무에 나갔다 복귀했습니다."

"대군의 토벌이겠네요. 결과는 어떻게 되었습니까?"

"토벌은 성공. 하지만 전사자가 많습니다."

"전사자가요?"

"고연수 원정대 20인 중 살아 돌아온 것은 오직 7명뿐이었습니다."

13명이나 죽은 것이었다.

자세한 내용은 모르나 이는 임무 실패라고 해도 무방할 정도의 손해였다.

"그에 비해 나머지 원정대는 비교적 피해가 적습니다. 정확한 것은 나중에 알아봐야 할 거 같으나 고연수는 복귀 후 바로 병조(兵曹)의 기록원으로 향했습니다."

"기록원이요?"

기록원에는 각 전투의 개요 및 결과, 그리고 무사들의 인적 사항들이 적혀 있는 곳이었다.

'왜 그곳으로 갔을까?'

고연수가 만약 세작이라면 과연 어떤 정보를 신태민에게 넘겼을까?

'그러고 보니 왕자의 난이 시작됨과 동시에 신태민은 신유민에게 가담한 무사들을 전부 급습했었지.'

그것을 생각하자 바로 답이 나왔다.

'고연수가 신유민에게 가담한 무사들의 인명부를 건넸구나.'

기록원에는 각 무사의 주소와 그들이 이끄는 원정대, 혹은 수비대원의 정보까지 전부 적혀 있다.

'신유민은 자신을 따르는 무사들의 정체를 숨겼다.'

그런데도 급습이 가능했던 이유.

'고연수가 명부(名簿)를 넘겼던 거야.'

고연수가 세작임은 거의 확실해졌다.

이제 어떻게든 명부(名簿)를 넘기기 전에 고연수를 현행범으로 잡아넣으면 될 뿐.

"지금부터 한시도 눈을 떼지 말고 고연수를 감시해 주길
바랍니다. 필요하면 지원도 요청해 주세요."

"네, 도련님."

전가은이 사라지고 나는 근처의 돌 위에 가 앉았다.

축제의 소리가 저 멀리서도 들려온다.

"바람이 좋네."

누군가를 죽이기에 너무나도 즐거움 가득한 날이다.

며칠 전, 천마산(天馬山).

임무를 위해 천마산에 도착한 고연수는 다른 원정대장들
과 함께 마지막 작전 회의를 시작했다.

"그럼 원래 작전대로 각자 맡은 경로로 산을 훑으며 올라
간다. 속전속결로 처리하고 정상에서 만나지."

홍의선인의 말에 고연수는 작게 한숨을 내쉬었다.

대군의(大軍蟻)를 상대로 속전속결은 좋지만 작전이 실패
했을 때 뒤가 없다는 점이 계속해서 마음에 걸렸다.

고연수는 골똘히 생각하다 입을 열었다.

"제가 의견을 내도 괜찮겠습니까?"

홍의선인은 탐탁지 않은 얼굴로 고개를 끄덕였다.

그래도 발언 기회라도 준 게 어디냐.

고연수는 최대한 조심스럽게 입을 열었다.

"세 방향으로 진격해 속전속결로 끝내는 건 좋은 작전입니다. 하지만 만약 일이 잘못되었을 때 서로의 위치를 확인하기 힘들다는 점이 걸립니다. 이런 상황에 만일 대군의가 한쪽에 몰려 있다면 전멸할 수도 있습니다."

"그래서 어떡하자는 건가?"

"지도에 시진마다 거점을 정하는 것입니다. 먼저 도착하면 시진이 바뀔 때까지 기다렸다 출발하고 늦게 도착한다면 타 부대에 비해 늦었음을 인지하고 빠르게 움직일 수 있겠죠."

진행 속도를 어느 정도라도 맞추자는 뜻이었다.

"그게 무슨 의미가 있나?"

"어떠한 부대가 공격을 받든 서로의 위치가 비슷하니 빠르게 지원에 나설 수 있을 겁니다."

"하지만 속도가 느려질 텐데. 어떻게 생각하나?"

홍의선인은 반대편에 있는 후배에게 물었다.

후배는 고개를 끄덕였다.

"보험 정도로는 괜찮은 생각인 거 같습니다."

다행히도 후배가 고연수의 편을 들어 주었다.

"그래, 뭐 자네까지 그렇게 말하면 그렇게 하지."

"네, 제가 이미 지도에 표시해 두었습니다. 최대한 빠르게, 그러면서도 너무 급할 필요 없을 정도로 설정해 놓았으니 확인해 주십시오."

고연수는 준비해 온 지도를 꺼내어 건네주었다.

홍의선인은 대충 보고는 고개를 끄덕였다.

"시간이 없으니 이대로 가지."

"아, 그리고 또 하나. 만약 대군의 군대의 습격을 받더라도 다들 자리를 지켜 주셔야 합니다. 그래야만 정확한 위치로 지원 갈 수 있습니다."

만약 부대가 여기저기로 움직인다면 지원을 갈 수가 없다.

"알겠네. 그렇게 하지."

"꼭입니다. 서로 만나지 못하면 오히려 대군의의 포위 안으로 들어가는 꼴이 되어 버리니 말입니다."

"알았다고 하지 않았나? 그만하고 각자 준비해 정확히 사시(오전 9시)에 출발하도록 하라."

"……명령대로 하겠습니다."

회의가 끝나고 고연수는 안도의 한숨을 내쉬며 부대로 돌아갔다.

'최소한의 안전장치는 만들었다.'

학관에 다니지 않았던 고연수는 홀로 전술, 전략, 그리고 역사를 공부했다.

못 배웠다는 선입견으로 인해 그가 내는 작전은 전부 묵살되기 마련이었으나 그의 전술은 결코 낮은 수준이 아니었다.

"대장! 언제 출발합니까?"

"한 식경 후에 출발한다. 다들 마지막으로 정비하고 출발하자."

"자자, 시작해 보자! 우리 대장님 흥의 입히자!"

여자 무사가 손뼉을 치며 모두에게 외쳤고 다들 웃으며 병장기를 챙겼다.

고연수의 원정대는 평민, 혹은 양반이라고 부를 수도 없을 정도로 작은 가문 출신의 무사들로 이루어져 있었다.

실력은 있으나 출신으로 배척받는 이들.

이들을 모아 원정대를 만든 것이 바로 고연수였고 이들의 끈끈한 유대감은 다른 부대 저리 가라 할 정도였다.

"자, 그럼 출발하자."

사시(巳時)가 됨과 동시에 고연수는 천마산으로 올라갔다.

약 두 시진 정도가 지나고 고연수는 표시해 둔 거점에 도착해 대기했다.

부대원들이 준비해 온 간식거리를 먹으며 체력을 회복할 때 고연수는 주변을 살폈다.

'이상한데.'

정보부에서 준 보고서에는 최소 5백에서 최대 5천 마리의 대군의가 있을 것으로 예상된다고 적혀 있었다.

'뭔 보고서가 그따위인지는 모르겠지만…….'

지하에서 생활하는 대군의의 특성상 정확한 숫자를 확인하기는 힘들지만 그래도 5백에서 5천이라니.

그런 보고는 정보부가 아니라 마을 사람이라도 할 수 있는 거 아닌가?

어쨌든 보고서대로라면 2천에서 3천 마리까지는 있어야만 한다. 보통 정보부가 예상하는 최소, 최대치의 중간쯤이 실수인 경우가 많으니 말이다.

최악의 경우 5천 마리. 쉴 시간도 없이 대군의가 나타나야 정상이었다.

'하지만 너무 적어.'

지금까지 올라오며 처리한 대군의의 숫자는 고작 백 마리 정도.

운 좋게 최소치인 5백 마리밖에 없는 것일까?

그렇게 생각할 때였다.

휘유우우우우웅! 펑!

저 멀리서 구원을 요청하는 폭죽 소리가 들려왔다. 고연수가 벌떡 일어남과 동시에 주변을 정찰하던 부대원이 달려와 말했다.

"중앙군에서 구조 요청입니다."

"정확한 위치는 어디냐?"

부대원은 지도의 한 시섬을 표시했다.

"이곳입니다."

비교적 가까운 곳에서 폭죽이 올라왔기에 정확한 위치를 파악할 수 있었다.

"알았다. 바로 움직인다."

고연수는 이동하면서 혀를 찼다.

이럴 줄 알았다.

대군의의 이름에 군(軍)이 들어가는 이유는 이들이 전술에 능하기 때문이다.

전시(戰時)에는 뭉쳐서 조직적으로 움직이는 마수.

각개 격파에 실패하면 반대로 이쪽이 당할 위험이 있다.

'그래서 다 같이 뭉쳐서 이동하자고 했건만⋯⋯.'

장기전이 되더라도 안전하게 세 원정대가 뭉쳐서 천천히 전쟁을 치렀다면 아무리 대군의가 많아도 안전하게 토벌할 수 있었을 텐데 말이다.

쉽게 가려다 골로 간다는 말이 딱 어울린다.

이윽고 대군의의 포위망이 눈에 들어왔다.

"대군의입니다! 숫자는 약 200!"

"후우, 뚫는다."

고연수는 작게 한숨을 내쉬었다.

이미 자리를 잡은 대군의를 뚫는 건 쉬운 일이 아니다.

하지만 미워도 총대장은 총대장.

거기에 그의 부하들 또한 처자식이 있는 무사들이니 구출을 하여야만 한다.

"내 뒤에 딱 붙어서 따라와. 그렇게 멀지 않다."

포위만 뚫고 들어가면 충분히 다시 빠져나올 수 있으리라.

고연수의 부대는 단 한 번도 쉬운 임무를 맡은 적이 없다.

사지를 헤쳐 나오며 다져진 전투력은 그 어떤 원정대보다 뛰어났기에 단 한 명의 희생자도 없이 포위망을 뚫어 낼 수 있었다.

그렇게 구원 요청이 쏟아졌던 장소에 도착한 고연수는 거친 숨을 내쉬며 공터를 바라보았다.

바닥에 난 검은 화약 자국이 그들이 정확한 위치로 왔다는 걸 증명했다.

하지만 있어야 할 중앙군은 존재하지 않았다.

"하아, 하아."

"대장님. 중앙군은?"

머리가 하얘진다.

가만히 있으라고 했는데.

이렇게 될 줄 알고 제발 가만히 있어 달라고 했는데 도대체 어딜 간 것인가?

이러면 지원 요청을 한 이유가 없지 않은가?

"대장님! 명령을!"

"뚫는다."

"어디로 갑니까?"

고연수는 발자국을 살폈다.

우군, 즉 후배 백의선인 쪽으로 도망친 것이 분명했다. 그렇다면 그 뒤를 따라가는 수밖에 없다.

"내 뒤를 따라라."

명령을 내리면서도 확신이 없다.

도대체 어디까지 도망친 것일까?

이미 지친 데다가 희망마저 사라진 부대원들은 하나둘 대군의의 먹이가 되기 시작했다.

"꺄악! 대장님! 대장님!"

"으아아아아악!"

부하들의 절규를 들으면서도 멈추면 전멸이기에, 고연수는 앞으로 나아갈 수밖에 없었다.

이윽고 저 앞에 본대가 보이기 시작했다.

세 원정대가 합쳐지자 대군의도 물러났고 고연수는 총대장에게 다가가 외쳤다.

"도대체 무슨 짓을 하신 겁니까?!"

총대장은 영문을 모르겠다는 듯 고연수를 바라보고는 인상을 찌푸리며 말했다.

"고 선인. 지금 총대장한테 뭐 하는 짓인가?"

"가만히 있으라고 하지 않았습니까? 도대체 왜!"

고연수는 자신의 부대를 돌아봤다.

20명 중 6명만 살아남았다.

지금까지 동고동락했던 부하들이 단 6명만 살아남았다.

"……왜 가만히 안 계셨습니까?"

"그럼 가만히 서서 죽으라는 것이냐? 난 올바른 선택을 했다. 덕분에 내 부하들은 대부분 살아남았지."

홍의선인은 자랑스럽게 말했다.

반박해 주고 싶었으나 너무나도 어이가 없어 말이 나오지 않았다.

홍의선인은 고연수의 가슴을 툭툭 치며 말했다.

"작전을 속행할 테니 남은 부하들을 추슬러라. 이번 무례는 네 상황을 보아 내 관대하게 넘어가 주마."

홍의선인이 멀어지고 고연수는 멍하니 그를 바라보다 고개를 숙였다.

"씨발."

내가 대가문 출신이어도 저렇게 말했을까?

내가 성무학관을 졸업했다면 저렇게 행동할 수 있었을까?

내가 유명한 장군의 제자였다면 저럴 수 있었을까?

고연수는 이를 악물고는 고개를 들었다.

선택을 내렸다.

일단 나부터 출세해야겠다.

세상이 바뀌기를 기다릴 시간이 없다.

◆ ◈ ◆

대성무대전 4강이 열리는 날.

황금세대의 마지막 비무인 만큼 수도의 모든 이들이 비무장으로 몰려들었다.

　시민들조차 비무장 밖의 노점상에서 술을 마시며 결과를 기다릴 정도였으니 관심도가 얼마나 높은지를 알 수 있었다.

　첫 경기는 상혁이와 아린이의 대결이었다.

　난 비무장 바로 옆 대기실에서 두 사람이 나오는 것을 기다렸다.

　어느 한쪽이라도 가서 응원하면 다른 한쪽이 서운해할 테니 공정하게 둘 다 가지 않는 것이었다.

　그리고 또 하나의 이유도 있다.

　전가은이 언제 고연수에 관해 보고해 올지 모르기에 최대한 혼자 있어야만 한다.

　'그래도 성무대전 끝나고 움직였으면 좋겠는데.'

　내 상대는 주지율.

　상혁이와 아린이의 실력은 어느 정도 알고 있었으나 주지율의 실력은 단 한 번도 제대로 본 적이 없었다.

　이번 기회에 확실하게 알 수 있을 것이다.

　그때였다.

　"고연수가 움직이기 시작했습니다."

　전가은이 나에게 와 보고했다.

　"지금요?"

　"네, 그렇습니다."

　"생각보다 빨리 움직이네요."

모두의 이목이 성무대전에 몰렸을 때 대범하게 움직인 것
이다.

"어떻게 할까요?"

"제가 직접 가야겠습니다. 단장님에게 지원을 보내 달라고
부탁해 주세요. 고연수는 지금 어디 있습니까?"

고연수는 선인.

혹시라도 내가 그를 놓친다면 지원이 필요하다.

"밖에 있는 단원이 안내해 드릴 겁니다."

"알겠습니다."

난 성무대전에서 빠져나와 후암 단원이 안내하는 대로 움
직였다.

한적한 골목.

잠시 기다리자 저 반대편에서 고연수가 나타났다.

나풀거리는 도복(道服)을 입은 고연수는 나를 발견하고는
발걸음을 멈추었다.

"이서하……."

약간 당황한 듯싶었으나 그는 태연하게 나의 앞으로 걸어
오며 말했다.

"대성무대전이 진행 중일 텐데 여기서 뭐 하고 있나?"

"고연수 선인님을 기다리고 있었습니다."

"나를 말인가?"

"신태민 저하를 만나러 가는 거라면 한 번 더 생각해 주시

길 바랍니다. 신유민 저하는 당신이 원하는 세상을 만들 수 있습니다."

고연수는 능력 있는 사람이다.

병마절도사에 오른 그는 나찰과의 전쟁에서 활약했던 몇 안 되는 장군 중 하나였으니까.

회유할 수 있다면 내 편으로 만들고 싶었다.

그러나 고연수는 모르는 척 고개를 갸웃했다.

"무슨 말인지 도통 모르겠는데……."

시치미를 뗀다면 방법은 하나뿐이다.

"명부(名簿)."

내가 모든 것을 알고 왔다는 걸 알려 주는 수밖에.

내 말에 고연수의 표정이 굳었다.

"저에게 넘겨주시죠."

"……다 알고 왔구나. 나름 전혀 티를 내지 않았다고 생각했는데."

고연수는 씁쓸하게 말하다 검을 뽑았다.

"그럼 어쩔 수 없지. 앞을 막으면 베는 수밖에."

고연수는 이미 마음을 다잡은 것만 같았다.

나는 천광을 뽑아 들고 고연수의 앞에 섰다.

고연수는 굳은 얼굴로 말했다.

"최고의 배경과 최고의 재능……."

그리고는 내 앞으로 달려들며 외쳤다.

"그 결과물을 한번 보자꾸나."

고연수는 문무를 겸비한 훌륭한 무사다.

그 어떤 지원 없이 백의까지 입었다는 것이 그 증거였다.

명문가 출신, 혹은 명문가에서 봐주는 무사들과 달리 평민들은 위험한 임무에 배치된다.

아무것도 없는 고연수는 과연 얼마나 많은 사지를 겪으며 저 자리까지 올라갔을까?

운만으로는 결코 쉽게 할 수 있는 일이 아니었다.

그리고 그것을 증명하듯 고연수는 뛰어난 실력을 보여 주었다.

챙! 챙! 챙!

극양신공을 사용하지 않은 상태로는 고연수의 속도를 따라가는 것만으로도 벅차다.

나는 슬슬 기운을 끌어올리기 시작했다.

몸에 황금빛 기운이 나오기 시작할 때 고연수는 뒤로 물러나며 고개를 갸웃했다.

"양기 폭주? 너 그거……."

"네, 압니다. 정상적인 싸움 방식은 아니죠."

고연수는 인상을 찌푸렸다.

양기 폭주는 몸을 망치는 지름길.

과거 나찰과의 전쟁에서는 누구나 사용했으나 지금은 모두가 기피하는 전투법이었다.

"그건 너를 죽일 것이다."

"적어도 지금은 살려 주겠죠."

일단은 살고 봐야 하지 않겠는가?

게다가 이미 본전은 뽑은 셈이었다.

극양신공을 사용하지 않았다면 이미 백두검귀 선에서 죽었을 수도 있으니 말이다.

애초에 이번 인생도 두 번째 기회였으니 수명에 미련은 없다.

고연수는 잠시 생각에 잠긴 듯 보였다.

그가 무슨 생각을 하는지 조금은 알 것만 같았다.

'날 그냥 도련님으로 봤겠지.'

그가 달려들기 전에 했던 말이 생각난다.

최고의 배경과 최고의 재능.

밖의 사람들이 생각하는 나는 그런 인물이었다.

좋은 가문에서 뛰어난 재능을 가지고 태어나 승승장구하는 운 좋은 도련님.

그런 내가 수명을 태워 가며 아등바등하는 것을 보고 의아함을 느끼고 있겠지.

대화할 기회가 생긴 김에 나는 그에게 물었다.

"어째서 배신하시는 겁니까? 선인님이 바라는 세상은 신유민 저하가 만들려는 세상과 같지 않습니까?"

가능하다면 회유하고 싶었다.

"어째서 배신을 하느냐고?"

고연수는 허탈하게 웃으며 나를 밀어내고는 말했다.

"딱 한 번만. 딱 한 번만 내 눈을 가리고 명예를 저버린다면 모든 것이 해결되는데 너 같으면 하지 않겠느냐?"

"저는 하지 않을 겁니다."

명예 같은 허상을 위해서 하지 않는 것이 아니다.

쉽게 얻은 것들은 모두 공허하기 마련이다.

회귀 전, 병마절도사가 된 고연수는 능력 있는 평민들을 중용하며 이들의 힘이 되어 주었다.

하지만 사회의 인식을 바꿀 만한 힘은 없었기에 이들은 또 하나의 거대한 파벌이 되어 또 다른 분란을 초래했다.

쉽게 얻은 권력은 거기까지.

고연수가 죽은 뒤에 그의 파벌은 완전히 몰락했고 평민 출신 무사들은 더욱 천대받기 시작한다.

하지만 그 모든 것을 설명할 새도 없이 고연수가 입을 열었다.

"하긴, 너는 하지 않겠지. 모든 것을 가졌으니 그럴 수 있겠지."

나는 변명하지 않았다.

지금까지 할아버지 덕을 많이 본 것도 사실이니 말이다.

고연수는 그런 나를 보다 인정하듯 고개를 끄덕였다.

"그래, 안다. 노력 하나 없이 네가 여기까지 올라왔다고는 생각하지 않아. 노력도 했겠지. 좋은 스승, 좋은 영약, 좋은 지원을 받으며 모든 조건이 갖추어진 상태로. 넌 그저 노력만 으로 원하는 모든 것을 가질 수 있었을 거야. 하지만 모두가 그럴 수는 없다. 나 같은 놈에게는 현실적인 한계가 존재하고 그 한계를 넘기 위해서는…….”

그는 명부가 든 속주머니를 가리키며 말했다.

“이런 짓도 해야 하지. 이해하거라. 아무것도 없는 나는 너와 다른 삶을 살아야 함을.”

고연수는 죽음을 각오한 사람처럼 달려들었다.

나는 공시대보로 그의 공격을 피한 뒤 낙월검법을 펼쳤다.

일검류를 사용하지 않은 이유는 간단하다.

아직은, 적어도 지금 당장은 고연수를 죽이고 싶지 않았기 때문이다.

낙월검법, 이위화(已爲火).

황금빛으로 빛나는 천광과 부딪힌 고연수의 검이 부러져 하늘로 날아갔다.

이걸로 대화가 가능하리라 생각했다.

하지만 고연수는 바로 품 안의 단검을 꺼내 들고 달려들었다.

“……!”

예상치 못한 공격에 내 몸이 먼저 반응했다.

일검류, 일도양단(一刀兩斷).

밑에서 위로 올려 치는 패천검(敗天劍)과는 반대로 위에서 아래로 내려치는 공격.

단순하기에 수천 번, 수만 번을 반복해 왔던 공격이 반사적으로 나간 것이다.

천광이 고연수의 몸을 일직선으로 베었고 고연수의 몸이 내 앞으로 쓰러졌다.

"하아, 하아. 괜찮은 기습이었는데. 이것도 안 되는구나."

고연수의 거친 숨소리.

답답하다.

왜 이렇게까지 해야 했는가?

그냥 신유민 저하에게 충성한다고 말하고 같이 그가 원하던 세상을 만들면 되는 것이 아니었는가?

"왜 이러신 겁니까? 그냥 신유민 저하와 함께 당신이 원하는 세상을 만들면 되는 거 아니었습니까?"

"한 번 깨진 신뢰가 돌아올 거 같으냐?"

고연수는 웃었다.

"이렇게 된 거 응원하겠다. 내가 말하는 것도 뭐하지만 꼭 태자 저하가 원하는 세상을 만들거라."

고연수는 눈을 감았다.

그의 숨이 점점 멎어 가는 것이 느껴졌다.

"나 같은 놈도 필 수 있게."

"……."

생기가 빠져나가는 것이 느껴진다.

그는 힘을 짜내 말했다.

"내 부하들만 좀 챙겨 다오."

그것이 그의 마지막 말이었다.

이제 고작 6명 남은 고연수의 원정대.

천마산에서 무슨 일이 있었는지는 정확하게 알 수 없지만 아마도 그것이 고연수를 움직였을 것이다.

나는 고연수를 땅에 눕힌 뒤 입술을 깨물었다.

'뜻대로 되는 게 없네.'

괜찮다.

적어도 명부가 신태민에게 가는 것은 막았으니까.

난 잘한 것이다.

잘했을 것이다.

"후암."

사방에서 나를 지켜보던 후암이 내 앞으로 모습을 드러냈다.

"부르셨습니까?"

"목격자는 있습니까?"

"혹시 모를 상황을 대비해 거리를 통제하고 쥐새끼 한 마리 못 들어오게 했습니다."

내 육감에도 목격자가 포착되지는 않았다.

아마 이 전투를 본 사람은 후암뿐일 것이다.

"그럼 선인님을 잘 모셔 주세요."

"네, 도련님."

후암이 고연수를 잡고 사라지고 나는 피 묻은 옷을 내려 보았다.

아직도 온기가 남아 있다.

그때 저 멀리서 환호성이 들려왔다.

비무장에서 들려온 것이 분명했다.

아무래도 아린이와 상혁이의 대결이 끝난 것만 같다.

다음 경기를 나가기 위해서는 바로 돌아갈 필요가 있었으나 이 꼴로는 어떻게 돌아갈 수가 없다.

그리고 아직 해야 할 일도 남아 있다.

바로 정해우에게 이번 일을 보고하는 것이었다.

'신유민 저하의 책사이니 빨리 보고해 줘야지.'

난 겉옷을 벗은 뒤 바로 정해우가 있는 곳으로 향했다.

언제나처럼 서재에 있던 정해우는 나를 보고는 빙긋 웃었다.

"지금은 대성무대전 중이 아니었습니까? 경기가 벌써 끝난 것입니까?"

"아닙니다. 급한 일이 있어 이렇게 왔습니다."

나는 고연수가 작성한 명부를 꺼내 보여 주며 정해우에게 말했다.

"고연수 선인님이 배신했습니다. 태자 저하 편에 선 무사들의 명부를 작성해 신태민 저하에게 가져다주려는 것을 막았습니다."

"……신태민 저하에게요?"

정해우는 명부를 확인한 뒤 나에게 물었다.

"그런데 무사님은 어떻게 알고 이것을 막으셨습니까?"

"……."

뭐라고 하지?

나는 잠시 생각하다 말했다.

"운이 좋았습니다."

모든 상황에 적용되는 그럴싸한 이유였다.

정해우는 나를 가만히 보다가 살짝 미소를 짓고는 말했다.

"운이 좋으셨군요. 그럼 고연수 선인님은……."

"회유하지 못했습니다."

"……알겠습니다. 큰일을 해 주셨습니다."

나는 고개를 숙이고 밖으로 걸어 나온 뒤 고요한 비무장 쪽
을 바라보며 말했다.

"기권패네."

여러 가지로 씁쓸한 날이었다.

◆ ◈ ◆

성무대전 4강은 허무하게 막을 내렸다.

그 이유는…….

"아야야야야."

"엄살 부리지 말아라. 이 정도로는 안 죽는다."

"쯧."

약선님의 의원.

내가 도착했을 때는 상혁이가 온몸에 붕대를 감고 있었고 아린이는 옆에서 혀를 차며 그를 바라보고 있었다.

가장 먼저 상혁이가 나를 발견하고는 손을 들었다.

"어! 서하야! 어디 갔었냐? 너 기권패 당했잖아. 사람들이 아주 난리가 났었어."

"일이 좀 있어서. 그런데 아린이가 이긴 거야?"

"아니."

아린이는 침울하게 한숨을 내쉬었다.

"내가 졌어."

경기를 요약하면 이렇다.

상혁이는 아린이한테 흠씬 두들겨 맞았으나 결국 목에 칼을 가져다 대며 무혈 승리, 아니 정확하게 말하자면 자기만 피를 보고 승리했다는 것이다.

"봐주지 말라니까 진짜 저놈이."

아마 상혁이는 아린이에게 상처 하나 입히지 않고 승리하는 것을 바랐을 것이다.

반대로 아린이는 상혁이가 공격하지 않자 '이래도 공격 안 해?'라면서 더 강하게 밀어붙였던 것.

결국 상혁이는 부상으로 결승을 기권했고 나와의 대결에서

부전승으로 올라간 주지율이 어부지리로 우승을 차지했다는 것이었다.

"하하하! 그래도 아린이가 힘 조절을 해서 어디 부러진 곳은 없는 거 같아."

"금은 많이 갔지만 말이다. 그게 그거란다."

"쩝."

약선님의 말에 상혁이는 입맛을 다셨다.

"그나저나 관중들이 화가 많이 났던데. 너 욕 좀 먹겠더라."

예상하던 바이다.

그렇게도 기대하던 대성무대전이 단 한 번의 비무로 4강뿐 아니라 결승까지 흐지부지 끝나 버렸으니 말이다.

"그래서 지율이는?"

"국왕 전하와의 만찬에 초대되었지. 그게 포상이니까."

그러고 보면 빌고 싶은 소원이 있다고 했던가?

'무슨 소원을 빌려나?'

워낙 작은 가문에서 온 친구였으니 가문을 위한 소원을 빌려나?

'나중에 물어보지 뭐.'

그렇게 나의 마지막 성무대전은 막을 내렸다.

이제 성무학관에서 남은 것은 단 하나.

3년을 준비한 무과(武科)가 기다리고 있었다.

국왕 전화와 함께하는 만찬에는 내로라하는 인물들이 모두 모여 있었다.

철혈 이강진, 약선 허운, 거기에 운성 가주 한백사, 성도 가주 김성필, 그리고 이번에는 신평의 가주인 박진범도 함께였다.

보통 성무대전의 우승자들은, 한상혁이나 이서하는 예외였으나, 이러한 대가문의 가주들에게 한 번이라도 말을 붙여 보기 위해 애를 썼으나 주지율은 관심이 없다는 듯 묵묵히 식사만 할 뿐이었다.

그렇게 만찬이 무르익을 때 즈음 신유철이 입을 열었다.

"그래, 이번에는 운이 좋았던 우리 작은 친구의 말을 한번 들어 보자꾸나."

주지율은 그것이 자신을 말하는 것임을 깨닫고는 벌떡 일어나 전하의 앞으로 걸어갔다.

주지율이 예를 갖추어 인사를 하자 신유철이 말을 이었다.

"특별히 원하는 것이라도 있느냐?"

"네, 있습니다."

이강진은 흥미진진하게 주지율을 바라보았다.

서하와 함께 다니던 아이 중 하나.

훗날 서하와 함께 활약하거나 혹은 경쟁 구도를 만들 아이였기에 어떤 사상과 성격을 가졌는지가 궁금했다.

'권력을 원하는가? 부를 원하는가? 아니면 명예를 원하는가?'

이번 소원에서 주지율의 성격을 알 수 있으리라.

"그래, 부담 없이 말해 보아라."

"제가 원하는 것은 한 가지입니다."

주지율은 고개를 들며 확고하게 말했다.

"그 어떤 상황에서도 제 친구 서하의 옆을 지킬 수 있게 해 주십시오."

이강진은 술잔을 마시다 주지율을 힐끗 보았다.

'호오.'

오랫동안 생각한 소원.

주지율은 이서하의 호위 무사가 될 생각이었다.

단순히 의리 때문은 아니었다.

주지율은 자기 객관화를 할 수 있는 사람이었다.

서하가 알려 준 구룡창법으로 실력을 키운 그였으나 자신에게 한계가 있음을 충분히 자각하고 있었다.

그런 주지율이 성공하는 방법은 단 하나.

누군가를 일인자로 만들어 바로 그 밑 이인자로 성공하는 것.

주지율은 자신이 평생 충성할 대상을 이서하로 정한 것이었다.

이강진은 그 생각을 꿰뚫어 보고는 고개를 끄덕였다.

'현실적이면서도 충성심 있는 부하.'

패도(覇道)를 걷기 위해서는 꼭 필요한 유형의 부하였다.

'점점 앞으로 나아가는구나.'

이강진은 술을 들이켜고는 생각했다.

'무과가 기대되는구나.'

이강진은 유일하게 상급 무사로 장원 급제한 인물이었다.

과연 손자가 그 기록을 깰 수 있을지 궁금해지기 시작했다.

◆ ◈ ◆

고연수 사건은 필요 이상으로 퍼져 나가지 않고 잘 해결되었다.

성무대전도 끝났고, 이제 남은 일이라고는 무과(武科)뿐.

나와 친구들은 마지막 날까지 다 같이 모여 무과 시험을 준비하고 있었다.

나는 친구들을 기다리며 홀로 식당 2층에 앉아 다른 지역의 무과 지원자들을 바라봤다.

'감회가 새롭네.'

회귀 전, 나는 격년으로 무과를 치렀었다.

항상 탈락의 고배를 마시던 나는 4번째 무과에서 겨우 하급 무사로 합격했고 그 또한 나찰과의 전쟁으로 인해 무사가 부족했기 때문이라는 소리를 들었었다.

'이번에는 좀 잘해 봐야지.'

성무학관 수석이라는 이름을 짊어진 만큼 이번에는 단순

급제가 아닌 장원 급제도 노려볼 생각이었다.

'그만큼 시간을 아낄 수 있으니 될 수 있다면 상급 무사로 급제해야 한다.'

괜히 중급으로 시작하면 상급 무사로 가기까지 1년이 걸릴 테고, 거기서 선인까지 올라가려면 또 1년을 기다려야만 한다.

왕자의 난을 준비해야 하는 나에게 2년은 크다.

'이번에는 똑바로 준비해야 해.'

무과(武科)는 총 4개의 단계로 나누어져 있다.

제1 시험은 필기. 기본적으로 알아야 하는 지식을 시험하는 것이었기에 여기서 떨어지는 사람은 거의 없다.

나도 유일한 장기인 기억력을 무기로 중상위권 성적을 받았으니 말이다.

제2 시험은 실기, 모의 임무였다.

시험관들이 임의로 짠 조원들과 함께 모의 임무를 수행하는 것.

지원자 대부분이 여기서 탈락한다.

하지만 어느 정도 실력만 보인다면 하급 무사로 합격할 수 있기에 탈락하더라도 무사가 될 수 없는 것은 아니다.

회귀 전, 나는 매번 제2 시험에서 탈락했다.

'마지막에는 나름 희생한 점을 높게 사서 합격시켜 주었지만, 그때도 조기 탈락이었었지.'

무과만 생각하면 왜 이렇게 작아지는 느낌이 들까.

제3 시험은 비무, 순수한 무공 실력을 본다.

임무를 성공적으로 해냈다고 하더라도 그것이 무공 실력 덕분인지, 아니면 통솔력, 지력 같은 다른 장점을 바탕으로 해낸 것인지를 알아보는 것이다.

'여기서 시험관을 이기면 다음 시험.'

박민아 선배가 치렀던 바로 그 시험.

바로 논술이다.

모의 임무와 비무로 지친 몸을 이끌고 바로 국왕 전하가 낸 문제에 답을 해야만 한다.

논술의 주제는 모두 철학적인 질문으로 정답이 정해져 있지 않기에 자신의 사상과 신념이 전부 드러난다.

'이건 어쭙잖게 쓰느니 차라리 백지로 내는 게 나아.'

글에는 사상과 신념이 녹아들기 마련.

괜히 이상한 글을 쓰는 것보다는 그냥 백지가 낫다.

'인성 평가를 하는 셈이니까.'

4차까지 온 이들이라면 재능 하나만큼은 확실한 것이기에 이들의 성향을 알아보는 것이었다.

'반대로 왕가에 도움이 되는 재능이라고 판별이 난다면……'

출세는 보장되는 셈이다.

'완벽하게 하자.'

생각을 마칠 때 즈음 가장 먼저 지율이가 도착했다.

난 지율이를 보자마자 말했다.

"무슨 소원 빌었냐?"

지율이는 나를 쳐다보고는 표정 하나 바꾸지 않고 말했다.

"안 말해 줘."

"에이, 그런 건 공유하는 거야. 궁금하잖아. 무슨 소원 빌었어?"

"차차 알게 될 거야."

시시한 놈.

하지만 차차 알게 될 거라고 하니 더 캐묻지는 말자.

그렇게 친구들과 마지막 점검까지 마치고 난 다음 날.

본격적으로 무과가 시작되고 모든 지원자가 한곳에 모이기 시작했다.

무과 또한 일종의 행사였기에 시민들이 몰려들었고 혼란을 막기 위해 각 학관마다 순서대로 시험장으로 입장했다.

"우리는 마지막이네."

나는 성무학관의 대표로 가장 앞에서 시험장으로 들어갈 예정이었다.

성무학관은 언제나 주인공이었다.

가장 큰 환호를 받으며 입장했고 단 한 명의 생도도 급제하지 못한 적이 없다.

게다가 이번 기수는 나를 필두로 황금세대라고 불리고 있는 만큼 관심도는 더욱 높았다.

'다들 힐끗힐끗 쳐다보네.'

다른 학관 출신의 생도들은 모두 성무학관 쪽을 힐끗힐끗 쳐다봤다.

"누가 이서하야?"

"저기 저 사람 아니야? 딱 봐도 내가 이서하다 이러고 있잖아."

그렇게 말한 여생도가 가리킨 사람은 멍하니 하늘을 보고 있는 상혁이었다.

필기시험 때문에 넋이 나가 있는 모습도 그림 같다.

저놈 왜 저렇게 잘생긴 거야?

하지만 입장 전부터 과도한 관심을 받는 건 나도 부담스러우니 가만히 착각하게 놔둬야겠다.

'반전으로 내가 앞장서서 등장하는 편이 더 멋있기도 하고 말이야.'

암, 그렇고말고.

힘을 숨긴 수석 같은 느낌이랄까.

어쨌든 다른 학관의 아이들이 하나둘 입장하기 시작했고 후반으로 가자 거대 학관의 이름이 불렸다.

"다음 입장은 청신학관!"

청신학관.

맨 앞에서 깃발을 들고 입장하는 준하가 보였다.

나는 준하에게 손을 흔들어 주었지만 잔뜩 긴장한 녀석은 관절이 굳은 것처럼 뻣뻣하게 입장했다.

'위상은 중상위 정도네.'

청신은 이름만큼 위상이 높은 학관은 아니었다.

역사가 짧은 탓에 다른 학관에 비해 인물이 적었으니 말이다.

진짜배기들은 이제 나오기 시작했다.

4대 가문인 성도학관, 신평학관, 운성학관이 차례대로 입장하고 계명학관(界明學館)의 이름이 불렸다.

"계명학관 입장!"

계명학관(界明學館).

4대 가문 학관 중에서도 으뜸가는 학관이었다.

계명이라는 이름 자체가 경계의 빛이라는 뜻.

오랫동안 국경을 지켜 온 계명 가문에서 손수 키운 무사들이었기에 이들의 실력과 경험은 안전한 내륙의 학관들과는 차원이 달랐다.

자부심이 얼마나 대단한지 계명학관의 생도들은 명실상부 최고의 학관인 성무학관의 생도들도 자기들 밑으로 볼 정도였다.

나는 계명의 깃발을 들고 걸어가는 생도를 유심하게 살폈다.

"흠, 누구지?"

계명학관의 수석이라면 한 번쯤은 이름을 들어봤을 확률이 크다.

'나중에 물어보자.'

이윽고 계명의 입장이 끝이 나고 나는 앞으로 가 성무학관의 깃발을 들었다.

내 뒤로 아린이, 상혁이가 자리 잡았고 그 뒤로 성적순으로 줄을 섰다.

"마지막 성무학관 입장!"

북소리와 함께 나는 앞으로 걸어 나갔다.

모두의 시선이 꽂히고 사방에서 환호성이 들려왔다.

그 사이, 사이에는 선인들과 상급 무사들도 있었고 이들은 나를 환대해 주었다.

"어디 갔었어? 이 자식아!"

"너 때문에 돈 다 잃었잖아!"

"기권패가 웬 말이냐!"

참으로 따뜻한 환대였다.

하지만 이것도 좋다.

'전에는 항상 맨 처음에 입장했었지.'

소속 학관이 없거나 한 번 낙방했던 생도들은 가장 처음에 입장한다.

관중도 거의 없는 시점에 쥐도 새도 모르게 입장하기에 이런 환호성은 들어 본 적이 없었다.

몇몇 선인과 무사들을 제외하고는 모두 나에게 한마디도 못 하고 묵묵히 야유……가 아니라 환호를 보내 주고 있었으니 참으로 행복한 입장이다.

그렇게 필기 시험장 안으로 들어간 나는 성무학관을 위한 자리로 들어가 짐을 풀었다.

아린이는 내 왼쪽, 상혁이가 내 오른쪽에 앉았다.

상혁이는 열심히 몸을 풀며 말했다.

"후우, 긴장된다."

시험 시작까지는 일각(15분) 정도의 시간이 주어진다. 비교적 늦게 입장한 학관의 생도들이 마음을 다잡고 정신을 집중할 수 있도록 배려해 주는 것이다.

그렇게 붓을 꺼내고 먹을 준비할 때 누군가가 나에게 다가왔다.

"네가 이서하냐?"

나는 고개를 들어 남자를 보았다.

계명의 수석과 그의 친구들이었다.

키 크고 잘생긴 수석의 뒤로 10살은 많아 보이는 수염남이 붙어 있었고 다른 한 명은 장난기 가득해 보이는 꽁지머리의 여학생이었다.

그런데 왜 상혁이한테 가서 물어보고 있는 건지 모르겠다.

'내가 깃발을 들고 들어오는 걸 못 봤나?'

먼저 들어가 필기시험을 준비하느라 정신이 없었을 테니 그럴 수도 있다.

상혁이는 당황한 듯 계명의 수석을 바라보다 말했다.

"내가 아니라 얘인데."

그래, 착각할 수 있지.

연장자의 넓은 아량으로 전부 이해해 주자.

계명의 수석은 나를 힐끗 바라봤고 나는 빙긋 웃어 주며 입을 열었다.

"그래, 수석은 바로……."

"그럴 리가 없다."

내가 말을 끝내기도 전에 계명의 수석이 의기양양하게 말했다.

"이서하는 문무를 겸비한 엄청난 미남이라고 소문이 났더군. 내 견제를 피하려고 도망치는 거라면 헛수고다."

"아니, 진짜 아니라니까."

상혁이는 벌떡 일어나 내 뒤로 왔고 아린이도 인상을 쓰고는 일어나 말했다.

"어딜 봐서 저 쭉정이가 서하야? 너 말조심해."

"아린아. 그렇게까지 화낼 일이야?"

상혁이가 울상을 지으며 말했으나 아린이는 전혀 신경 쓰지 않았다.

계명의 수석은 인상을 찌푸리고는 말했다.

"……하긴, 소문은 과장되기 마련이지."

첫인상부터 마음에 안 든다.

잘생겼다는 거 취소.

"어쨌든 반갑다. 난 계명의 수석, 최도원이다."

최도원.

'아, 계명의 막내.'

전장의 독수리. 최도원.

계명에는 이름난 선인들이 많았고 최도원은 그중에서도 가장 독종이었다.

그 어떤 경우에도 후퇴하는 일 없이 필요하다면 더럽게, 때로는 잔혹하게 목표를 섬멸하는 성격으로 유명했었다.

'얼굴을 본 적은 없지.'

국경에서 활약하는 그와 만나 볼 일은 없었다.

만났다고 하더라도 장군인 그와 하급 무사 나부랭이였던 내가 말을 섞을 수는 없었겠지만 말이다.

'그럼 그 뒤가…….'

최도원의 동기이자 부하들로 이름이 드높았던 임윤호와 정시은인 듯싶었다.

'무사가 된 이후 항상 붙어 다닌 사람이라니 그 전부터 함께했다고 해도 이상하지 않지.'

어쨌든 나름 미래의 거물들이다.

친해져서 나쁜 것은 없었다.

"반갑다. 이서하다."

"네 이름이 저기 계명까지 들리더군. 벌써 웬만한 선인보다 낫다는 둥, 천 년에 한 번 나올 천재라는 둥, 차기 무신이라는 둥 말이야."

뭔가 말에 날이 서 있다.

'경쟁적인 성격이라고 하니까.'

독종이라고 소문이 날 정도로 최고가 되고 싶어 하는 사람이다.

내 명성이 탐탁지 않았을 것이다.

"그래서 말인데. 이번에 내기 한 번 하는 건 어때?"

"내기?"

"그래, 이번 무과에서 더 좋은 성적을 내는 쪽이 형님이 되는 걸로 말이야."

"호오."

나는 어깨를 으쓱했다.

상관없다.

어차피 나는 이번 무과에서 장원 급제를 노리고 있었으니 말이다.

거기다 최도원의 형님이 되면 또 꽤 괜찮은 전력을 얻는 셈이다.

상혁이와 농담으로 형님, 동생 하는 것과는 또 다른 느낌이니 말이다.

"좋아. 그렇게 하지."

"뒤에 저 두 사람은 네 친구인가? 우리 둘이 경쟁하는 것도 좋지만 3 대 3은 어때? 성무학관 대 계명학관의 대결처럼 말이야."

"그것도 재밌겠네."

최도원이 원하는 대로 해 줘도 상관이 없다.

난 누구보다도 아린이와 상혁이를 믿고 있었으니까.

"그래, 그럼 3개의 시험 중 2개에서 더 우수한 성적을 받는 쪽이 승리하는 걸로 하지."

최도원은 만족한 듯 미소를 지었다.

애초에 저게 목표였구나.

자기 이름도 끌어올리고 계명학관의 이름도 끌어올리고.

여기저기서 내 명성을 이용하려는 놈들이 많은 것만 같다.

하지만 뺄 필요는 전혀 없다.

누가 더 위인지를 확실하게 하면 할수록 훗날 좋을 테니까.

"좋아. 그렇게 하자."

"그럼 행운을 빌지."

최도원이 자기 친구들과 멀어지고 거의 바로 필기시험이 시작되었다.

시험은 총 3시진 동안 진행되었고 결과는 바로 그날 저녁에 발표되었다.

가장 높은 점수를 받은 사람부터 차례대로 이름이 적혔고 모두들 자신의 점수를 확인하러 모였다.

나는 점수를 확인하기 전에 최도원을 만났다.

"자, 그럼 결과를 볼까?"

최도원은 아주 자신만만해 보였다.

하지만 그런 그의 얼굴도 얼마 못 가 굳어졌다.

"어이쿠."

나는 맨 위에 적힌 내 이름을 가리켰다.

"이거 아무래도 내가 일등인 거 같은데?"

"……."

최도원은 침묵하며 조용히 시선을 내렸다.

내 밑에는 익숙한 이름 석 자가 적혀 있었다.

유아린.

언제나처럼 1, 2등을 나와 아린이가 가져간 것이었다.

나는 빙긋 미소를 지었다.

최도원은 3등, 그의 동료인 임윤호는 7등이었으며 정시은은 8등이었다.

심지어 주지율이 4등, 박민주가 5등, 한영수가 6등인 것을 생각하면 계명학관이 더 뛰어나다는 말은 꺼낼 수도 없을 정도였다.

애초에 우리가 질 수 없는 그런 대결이었다.

"이거 아무래도 우리가 이긴 거……."

내가 승리 선언을 하려고 할 때였다.

"잠깐."

최도원은 이를 악물며 밑을 가리켰다.

"우리가 이겼다. 내기는 다름 아닌 너희 셋과 우리 셋의 대결이었으니까."

저건 또 뭔 소리야?

아무리 상혁이가 머리는 부족해도 10등 안에는 들었을 텐데…….

그 순간 상혁이가 울부짖었다.

"으아아아아아아아! 미안해! 내가 죽일 놈이야! 으아아아아아!"

116, 한상혁.

어떻게 하면 저 등수가 나오지?

내가 당황한 듯 돌아볼 때 아린이가 상혁이의 등짝을 때렸다.

"야, 이 등신아."

처음으로 들어 보는 아린이의 폭언이었다.

<7권에 계속>